1

Notlandung

Joy Peters

Notlandung

mit Illustrationen von Gregor Pfingstl

FSC
www.fsc.org
MIX
Papier aus verantwortungsvollen Quellen
Paper from responsible sources
FSC® C105338

Joy Peters
Notlandung

Bibliografische Information der Deutschen Nationalbibliothek:
Die Deutsche Nationalbibliothek verzeichnet diese Publikation in der Deutschen Nationalbibliografie: detaillierte bibliografische Daten sind im Internet über http.//dnb.dnb.de abrufbar.

2. Auflage 2016

Covergestaltung: Joy Peters / Gregor Pfingstl

Kerrektur: „Die Wölfin“
Herstellung und Verlag
BOD – Books on Demand, Norderstedt

Printed in Germany 2016

ISBN: 9783839111413

Joy Peters, geboren 1960 in Wien, studierte in Wien und Berlin Gesang und Schauspiel. Seit 1980 tritt er in Varieté und Theaterproduktionen als Sänger, Schauspieler und Comedian auf. Seine Stand-up Comedy Conferencen bilden den Grundstein für dieses Buch. Er lebt mit seiner Frau und seinen beiden Töchtern in der Nähe von Berlin

Vorwort

Humor (lat. (h)umor = Feuchtigkeit, Saft; in der Antike im Sinne von der richtigen Mischung der Körpersäfte, die zu einer guten Stimmung verhilft) gilt auf den ersten Blick als eine Fähigkeit, ein Lachen hervorrufen zu können.

So weit das Lexikon. Aber haben Sie schon einmal versucht, ein lustiges Buch zu schreiben? Lassen Sie es. Gehen Sie lieber auf eine Himalaya Expedition, das ist einfacher.

Christian Morgenstern hat den Humor als „äußerste Freiheit des Geistes“ bezeichnet und ich war so frei, sehr frei zu sein. Und wenn Sie jetzt einwenden, es gäbe ja schon sooooo viele lustige Bücher, Bücher über Witze, Bücher mit Witzen und Bücher die ein Witz sind - dann seien Sie jetzt bitte stark, denn es kommt noch eins hinzu.

Anti Aging

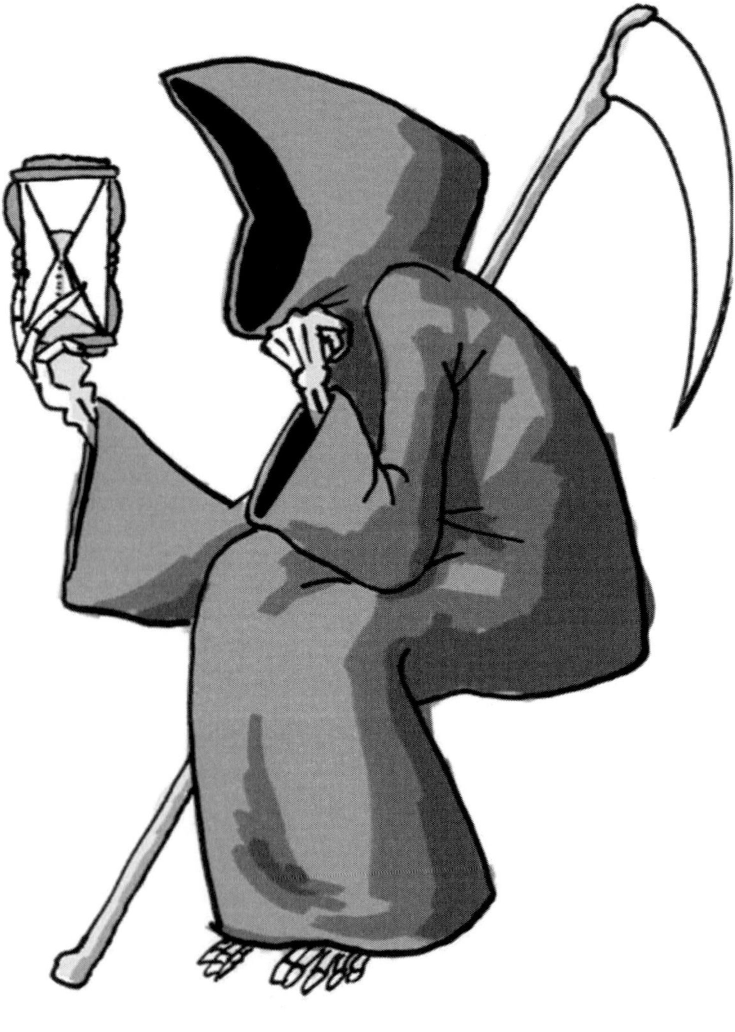

Geht es Ihnen eigentlich genauso wie mir? Ich kann mich manches Mal gar nicht überwinden - also ich muss mich sozusagen dazu zwingen - es ist in der Tat des Öfteren ein gewaltsamer Akt der Selbstüberredung.

Wovon ich spreche? Na, vom Ansehen alter Fotos - was dachten Sie denn? Das ist dann schon ein ziemlicher Schock für´s Ego.

Man sieht sich, lächelnd, gefangen in all den verschiedenen Aufnahmen und entdeckt die unglaublichsten Veränderungen. Am meisten aber erschreckt es einen dass man so manche Absonderlichkeit mittlerweile geradezu liebgewonnen hat. Zum Beispiel die Koteletten - und ich meine nicht gewisse schmackhafte Körperteile vom gemeinen Hausschwein (lat. scrofa domestica), die man sich in einem Anfall von Cholesterinsucht, mit leichter Hand, in die Pfanne haut. Nein - ich meine die Dinger an den Backen, Verzeihung Wangen. Mal waren sie ganz unten, erinnern sie sich noch an Jason King oder Elvis, und mal ganz oben - dasselbe ist dann auch mit dem Kinn passiert.

Oder das Haar - eigentlich leblose Fäden aus

Horn und doch - das Haar kann einem das Leben ganz schön schwer machen.

Plötzlich ist es grau - plötzlich fällt es aus

Mittlerweile habe ich mehr Haare in meinen Ohren als auf meinem Kopf. Frauen haben es da wesentlich einfacher und das nicht nur, weil sie von Natur aus, was den Haarwuchs betrifft, hormonell günstiger veranlagt sind. Nein, beim so genannten schöneren Geschlecht gehört der wöchentliche Friseurbesuch, ja quasi, zum guten Ton. Ich kenne allerdings auch Frauen, die gehen mit Grauen zum Friseur, kommen aber meistens mit roten wieder. Ja, ich weiß, der Witz ist alt, aber der, von dem ich ihn geklaut, pardon entliehen habe, hatte ihn auch schon aus dritter Hand.

Ich, für meinen Teil, habe allerdings bereits jetzt entschieden, wie ich mein Haar in den nächsten zehn Jahren tragen werde - ein Haar links, eines rechts und den Rest - wild durcheinander. Und außerdem habe ich meinen dahinschwindenden Haaren auch schon Namen gegeben, mir fällt nur der

Abschied wesentlich schwerer, wenn ich sie persönlich kenne.

Ein sehr guter Freund hat mir jetzt den Rat gegeben, doch mal zu einem Spezialisten für Haarausfall zu gehen. So nach dem Motto: waschen - suchen - föhnen nur sechsundfünfzig Euro. Aber er meinte einen Arzt. Leider gehe ich so furchtbar ungern zum Arzt, obwohl es mit fortschreitendem Alter ja oftmals nicht zu verhindern ist.

Millionen von mies gelaunten Rentnerinnen lungern in den Wartezimmern herum und schnappen mir die letzte Frauenzeitschrift vor der Nase weg. Ich lese dann, immer etwas beleidigt, das überaus beliebte AOK Magazin. Dabei bin ich in höchstem Maße interessiert an den dramatischen Schicksalen von Florian Silbereisen, Gloria von Thurn und Taxis und Co. Aber dafür haben Frauen knapp über fünfundsiebzig kein, wie immer geartetes, Verständnis.

Meist quält mich auch die Angst, dass der von mir hochgeschätzte und natürlich gleichfalls hochbezahlte Arzt auf meine Frage: „Na, Herr Doktor, was fehlt mir denn?“ Mit: „Ihnen fehlt gar nichts, Sie haben schon alles!“ antwortet. „Hab ich eine seltene Krankheit?“ wird auch gerne mal mit: „Aber nein, die Friedhöfe sind voll damit“ beantwortet.

Macht mich nicht glücklich.

Wir, meine Familie und ich, sind sogar mit einem Arzt befreundet, er ist sogar der Patenonkel unserer Kinder. Wenn Sie nun aber annehmen, wir wären deshalb gesünder, liegen sie völlig falsch. Onkel Doktor Thomas wohnt nämlich in Australien.Gut, sagen Sie jetzt - prima - je weiter weg der Arzt wohnt, desto gesünder bleiben die potenziellen Patienten. Da mögen sie Recht haben.Viele rechnen ihrem Arzt aber seine Bemühungen hoch an, der Doktor übrigens seinem Patienten auch und manch ein gerade Genesener wird beim Anblick seines geschrumpften Kontostandes auf der Stelle wieder krank. Wie man seinem Arzt nun die immerwährende Dankbarkeit zum Ausdruck bringt, ob als Patient oder als Erbe, das ist ja jedem individuell überlassen.

Denken Sie daran - ein Arzt kommt manches mal vergebens, aber niemals umsonst!Es ist ja auch ein seltsamer Beruf, bei dem man die Inventur auf dem Friedhof machen muss. Und das der Chirurg vermummt ist bei der Ausübung seiner sehr verantwortungsvollen Tätigkeit, sollte einem auch zu denken geben.

Na, aber man darf generell nicht so kritisch gegenüber den Göttern in weiß sein, unser Freund (OnkelThomas) ist wirklich ein überaus reizender, zauberhafter Mensch, der gerne mal nur mit Spatel und Taschenlampe zur Diagnose schreitet. Back to the roots, Albert Schweitzer hätte seine wahre Freude an ihm gehabt.

Ich selbst war meinem Arzt schon oft sehr dankbar, und als mein Orthopäde zu mir sagte, dass ich, wenn meine Hand wieder in Ordnung ist, Klavierspielen könnte, da konnte ich mein Glück und meine Dankbarkeit kaum im Zaum halten. Denn Klavierspielen konnte ich vor meiner Verletzung nicht.

Es lebe die moderne Medizin.

Sollte Ihr Arzt Sie vor die Wahl stellen, sterben oder Operation, dann wählen Sie bitte auf jeden Fall die Operation, denn mit einem bisschen Glück können Sie dann beides haben.

Und wenn die Operation, wider Erwarten, dann wirklich schief geht, so trösten Sie sich, Sie werden davon nichts merken.Ich habe mich schon entschieden, wenn ich sterbe, will ich friedlich gehen. So, wie mein Großvater im Schlaf........... und nicht laut kreischend, wie die Mitfahrer in seinem Wagen.

Mir ist jeder Kalauer recht.Aber Spaß beiseite, in den verschiedenen Teilen unserer schönen Welt wird ja auf die unterschiedlichsten Arten und Weisen mit dem Tod umgegangen. Wenn z.B. in Irland jemand stirbt, wird er für einige Tage aufgebahrt und betrachtet - das ist wie eine Party. Der Verstorbene liegt da und um ihn herum wird getrunken und getanzt. Und alle seine Freunde, sofern er welche hatte, kommen von weit und breit und sie stehen alle um seine Bahre herum, mit einem Glas in der Hand und rufen: „Auf deine Gesundheit!“.Für den Toten ist das schade, so `ne tolle Party, ein anderer bezahlt und er kann nicht mitmachen. Deshalb ist mein Motto: Ich brauche keine Lebensversicherung. Ich möchte, dass alle richtig traurig sind, wenn ich einmal sterbe.

Supermarkt

Ich hasse Supermärkte. Bin ich schon so alt, dass ich mich tatsächlich nach einem guten alten Tante Emma Laden zurücksehne? Es mag möglicherweise daran liegen, dass mein Vater so einen Laden hatte, obwohl er gar nicht Emma hieß, nicht einmal meine Mutter, und ich dort faktisch, zwischen Bananen und Schuhcreme, aufgewachsen bin. Bei meinem Vater wurde persönlicher Service noch groß geschrieben. Im Supermarkt fühle ich mich hingegen immer so manipuliert. Ich gehe hinein, keiner sagt „Guten Tag", also kann es auch keiner werden.
Ich nehme mir am Eingang einen Wagen. Das heißt, ich möchte mir einen Wagen nehmen, kann es aber nicht, da ich keine passende Münze habe und diese Einkaufswagenchips grundsätzlich verliere.

Also renne ich, da es diese Wagen nur außerhalb des Supermarkts gibt, erst einmal in den Supermarkt hinein, um einen Geldschein zu wechseln. Das ist aber schwierig, das geht nur an einer Kasse. da aber alle Kassiererinnen mit Kassieren beschäftigt sind, wozu sie ja auch bezahlt werden und ich von der-quasi- falschen Seite komme, werde ich erstmal ignoriert. Wenn es mir dann endlich gelingt, die Aufmerksamkeit einer dieser überqualifizierten Kleingelddompteusen doch noch zu erhaschen, teilt sie mir mit einem gequälten Lächeln mit: „Jetzt kann ich die Kasse nicht öffnen, sie müssen warten bis ich fertig kassiert habe“.

Ich bin hartnäckig, ich warte. Endlich habe ich mir eine Münze erkämpft und hole mir nun einen Einkaufswagen, groß genug um den Jahreseinkauf einer fünfköpfigen Familie zu beherbergen, ich brauche aber nur einen Laib Brot. Zielgenau steuere ich auf das Brotregal zu und entnehme ihm, den von mir so heißbegehrten Laib Brot. Und während ich mich noch in der Entscheidungsphase befinde, ob es wohl doch besser das kernige Vollkornbrot oder unvernünftigerweise das samtig weiche American Toast sein soll, denke ich mir: Na, wenn ich schon mal hier bin, könnte ich auch gleich Butter mitnehmen. Nun habe ich also Butter und Brot, zwei, und da werden sie mir Recht geben, elementarsten und l e c k e r s t e n Nahrungsmittel seit Menschengedenken. Was ist aber, wenn ich mir ein Sandwich machen möchte? Käse, ich brauche noch Käse. Und Zwiebeln, ich liebe Zwiebeln - Brot, Butter, Käse und Zwiebeln - großartig.Übrigens liegen neben den Zwiebeln meist auch die Radieschen, also kaufe ich auch noch Radieschen und Salat und Petersilie. Ich glaube, ich mache mir einen Salat. Da fällt mir ein, dass ich den Salat und das Sandwich unmöglich alleine essen kann, ein Omelette würde hervorragend dazu passen. Ich kaufe Eier.

Omelette ohne Champignons? Nein, das geht nicht, ich renne flugs zurück in die Gemüseabteilung und hole Champignons. Der verdammte Wagen wird voller und voller. Sie erinnern sich, ich wollte NUR Brot kaufen. Schinken, fast hätte ich den Schinken vergessen, was wäre ein Omelette ohne Schinken? Wie ein Abendessen ohne ein gutes Glas Wein. Wein, ach herjeh ich habe keinen Wein mehr zu Hause. Aber welchen Wein nehme ich, Weißwein, Rotwein, italienischen oder französischen?

Ach egal, ich nehme sie alle.

Das Angebot an Waren aller Art in den Supermärkten der westlichen Welt ist schon erstaunlich, da könnte mein Vater mit seinem kleinen Laden wahrscheinlich nicht mehr konkurrieren. Man kann ja praktisch alles bei einem Einkauf erledigen. Nicht nur die bereits erwähnten Butter und Eier, die zur Befriedigung der gastronomischen Gelüste dienen, nein - natürlich gibt es auch sämtliche Artikel zur Befriedigung der Fleischeslust. Und ich meine jetzt nicht Steaks und Würstchen. Nein, alles was man früher unter Aufbietung sämtlicher Mut Reserven und unter diskret vorgehaltener Hand, leise nuschelnd, nur im Sex-Shop oder unter der Ladentheke bekam, hängt heute in allen Farben des Regenbogens, Größen und Feuchtigkeitsgraden gleich neben der Kasse im Supermarkt.

Packungsgrößen für jeden Bedarf. Für Singles die Dreierpackung (Freitag, Samstag, Sonntag), für Ehepaare die Zwölferpackung (Januar, Februar, März..........).

Eine kleine Sache, die ich auch ganz besonders an Supermärkten hasse, ist das - Ätsch lieber Kunde, wir haben alles umgestellt

- Spiel. Sie kennen das sicherlich. Sie kommen in den, von Ihnen fast täglich besuchten, Supermarkt ihres Vertrauens, Ihr Supermarkt, in dem Sie jeden Winkel wie Ihre eigene Westentasche kennen. Sie könnten praktisch blind durch die Reihen laufen und Ihre Trefferquote läge bei 99%. Und plötzlich: alles anders! Sie laufen in Abteilungen, von deren Existenz Sie bisher gar nichts wussten. Drei Wochen später findet man Sie, erschöpft und dem Verdursten nahe, in der Sockenabteilung. Und Sie wollten doch nur ein Brot kaufen.

Mein ganz persönlicher Höhepunkt bei jedem Supermarktbesuch aber sind jene reizenden Damen fortgeschrittenen Alters, die natürlich zur größten Hauptstoßzeit zwischen 12 und 14 Uhr, wenn alle Menschen, die nur eine halbe Stunde Mittagspause haben und sich ganz schnell etwas holen wollen, im Supermarkt sind, einkaufen müssen. Rentnerinnen, die 24 Stunden am Tag nichts, ich betone gar nichts, zu tun haben und jetzt an der Kasse stehen und in aller Ruhe fünfunddreißig Euro und zweiundneunzig Cent in ein und fünf Cent Münzen bedächtig bezahlen.

Rentnerinnen, die den ganzen Vormittag bei irgendeinem Arzt das Wartezimmer blockiert haben, nur um sich die GALA nicht selbst kaufen zu müssen. Ich finde, man sollte am Eingang des Supermarktes, ähnlich wie die Schilder „Ich darf nicht hinein“ Schilder mit der Botschaft „Von 12 bis 14 Uhr keine Rentner“ anbringen.

Ich bin auch nicht mehr ehrlich im Supermarkt. Neulich sagte ich zu einer dieser Kassenwartinnen: „Fräulein, Sie haben sich gestern beim Herausgeben um zwanzig Euro geirrt.“ Da faucht sie mich pampig an: „Na, heute ist es zum Reklamieren zu spät, das hätten sie gleich machen müssen!“

Na, da hab ich das Geld eben behalten.Wenn ich allerdings dann glücklich an der Kasse angekommen bin, ist normalerweise die Welt wieder in Ordnung, außer, ich stehe hinter der Person, die den einzigen Artikel im ganzen Supermarkt gefunden hat, der kein Preisschild trägt. Ich weiß nicht, ob man im Fall der Fälle mildernde Umstände zugesprochen bekäme.96 bitte 18 rufen.

In meinem Supermarkt gibt es zum Beispiel auch diese sogenannten Schnellkassen, nach dem Motto - 9 Artikel oder weniger. Wissen Sie, wozu man mich bereits getrieben hat? Ich zähle die Waren in anderer Leute Einkaufswagen.

Wie tief kann man eigentlich sinken.

Frauen

Es ist ja eine historische Tatsache, dass hinter jedem großen Mann eine noch größere Frau steht - hinter Napoleon stand Josephine, hinter Cäsar war es Cleopatra und hinter Lord Nelson stand Lady Hamilton, hinter Al Bano stand Romina Power und was ist meistens passiert? Die Männer, so groß sie auch waren, starben und die Frauen lebten weiter und weiter und weiter und weiter............................

Der Hauptgrund, dass die geliebten Frauen aber letztendlich länger leben als Männer, liegt an und für sich an den Männern selbst........ denn wir haben Charakter........

Männer sterben halt freiwillig, bevor sie hässlich werden.

Es kann natürlich auch daran liegen, dass der liebe Gott sich offensichtlich dazu entschieden hat, den zarten Frauen die Zeit, die sie zum Einparken länger brauchen als Männer, auf ihre Lebenszeit gut zu schreiben. Aber ich gönne es den Damen von Herzen. Männer tendieren ja in der Regel dazu, ungesünder zu leben und mehr Risiken einzugehen. Bei Mönchen und Nonnen, zum Beispiel, ist die

Lebenserwartung nahezu gleich hoch, was möglicherweise daran liegen mag, dass beide Geschlechter im Kloster fast gleiche Lebensweisen haben und daher in der Regel dort, testosterongeschwängertes männliches Imponierverhalten, Leichtsinn und Stress kaum eine Rolle spielen.

Dabei müssten sich ja Nonnen vor lauter Eifersucht ständig gegenseitig an die Gurgel springen, denn wenn ich richtig informiert bin, sind sie alle, und ich betone es noch einmal ALLE, mit ein und demselben Mann verlobt und/oder sogar verheiratet.

Na, das nenn ich mal Stimmung.Paradiesische Zustände sozusagen - tausende Frauen und ein Mann, der schon vor knapp zweitausend Jahren gen Himmel..........Da gibt es keine Widerworte, kein Streiten ums Haushaltsgeld oder wer wann und wie oft die Kinder zum Reiten oder zum Volleyball fährt. Geschweige denn, die leidige Diskussion, wer den Müll runter bringt. Nur reine Frauenpower. Eigentlich ist es DAS Modell für die Ehe der Zukunft. Wir heiraten nur noch einen imaginären Partner, von dem man sich, laut original Gebrauchsanweisung (Bibel), nicht mal ein Bild machen darf. Da gibt es keine Eifersucht mehr und keinen Neid unter Freundinnen, nur weil der Göttergatte der liebsten persönlichen Feindin natürlich das Sixpack in der Körpermitte trägt und nicht in der Hand, so wie das eigene geliebte Prachtexemplar. Und umgekehrt ist es natürlich auch einfacher - die Auserwählte ist und bleibt unsichtbar - nur ein Bild in der Phantasie.

Na, und da kann Mann ja gerne mal ein paar Körbchengrößen dazu phantasieren. Es ist ja doch eine allgemein bekannte Tatsache, das Frauen und Männer aneinander vorbeireden. Stellen Sie sich eine reizende junge Dame vor, die tränenüberströmt neben ihrem Liebsten im Auto sitzt und schluchzend zu ihm sagt: „Lass mich in Ruhe, du Schuft, ich werde jetzt nach Hause gehen und meiner Mutter erzählen, dass du mich heute verführt hast - zweimal!„ Er: „Aber ich habe es doch nur einmal gemacht." Sie: „Aber du wirst es doch noch einmal machen! - oder nicht?" Und da sagen Sie mir doch bitte, wie man als Mann Frauen richtig verstehen soll. Ich gebe zu, auch Männer drücken sich manches Mal missverständlich aus und Frauen sollten schon aufpassen, wenn er ihr eine rote Rose schenkt und sagt er käme zurück, wenn die Rose verblüht ist. Pech, wenn die Rose aus Plastik war.Frauen unterhalten sich auch auf ganz einmalige und seltsame Weise miteinander. Nehmen wir mal an, zwei Frauen, wir nennen sie Frau Blau und Frau Grün. treffen sich in einer belebten Einkaufsstraße und entdecken einen gemeinsamen Bekannten auf der anderen Straßenseite.

Sagt Frau Blau: „Guck mal, ist das nicht Herr Müller, dort drüben?„

Frau Grün: „Hmmmmmmmmmm, ja."

Frau Blau: „Zieht er sich nicht immer elegant an?"

Frau Grün: „Ja und so schnell."

Und dabei halten Frauen gar nichts von Sex. Sex ist bäääää, Sex wollen nur die Männer. Gut, zugegeben, das stimmt. Männer wollen Sex, sogar vor der Ehe. Außer in München, dort nicht.

In Berlin hat man Sex vor der Ehe, in Hamburg hat man Sex vor der Ehe und sogar in Stuttgart hat man gelegentlich Sex vor der Ehe, in München natürlich nicht. Natürlich.

Darum kommen die Bayern ja auch so gerne in die Hauptstadt, wegen der toleranten Gesellschaft. Sie kommen, so zu sagen, um ihren Anteil abzuholen. Wenn sich ein Bayer und ein Berliner treffen und der Bayer sagt: „Also ich hatte keinen Sex mit meiner Frau bevor wir geheiratet haben, und du?“ Dann antwortet der Berliner: „Das weiß ich nicht, wie heißt denn deine Frau?“

Berlin ist nicht umsonst die Hauptstadt. Generell denke ich, man sollte auch wieder viel risikofreudiger sein- fünf Anti Baby-Pillen und ein Smarties, das nenne ich modernes Russisches Roulette. Aber machen wir uns doch nichts vor, richtig dramatisch wird es doch erst, wenn ein Mann fünfundneunzig Prozent seines IQ`s verloren hat. Dann nennt man ihn Wittwer und er denkt darüber nach, dass er vor fünfundfünfzig Jahren doch auf seine innere Stimme hätte hören sollen, weil der Prinz im Märchen doch immer ein intelligenter, gut aussehender Single ist. Aber nein, Männer müssen immer ihren Hormonen folgen und wenn ihnen im Traum immer wieder die Frau ihres besten Freundes erscheint, dann bedeutet dass nicht zwingend, dass er so scharf auf sie ist, sondern meistens, dass er Angst hat, er könnte auch so eine erwischen. Frauen sehen das Ganze da etwas pragmatischer - ein Mann muss her, koste es, was es wolle.

Er muss die Beschützersehnsüchte befriedigen und natürlich sollte er herausragende Vater- und Hausmannqualitäten haben. Dass dieser Mann selbstverständlich auch ein potenter und mit allen Wassern gewaschener Liebhaber sein soll, das versteht sich ja wohl von selbst. Kurz und gut, er soll allen anderen Männern überlegen sein. Und jetzt kommt das Schöne - diese Männer gibt es! In Science Fiction Romanen oder sie sind schwul.

Angesichts der übergroßen Zahl an Singles, auch unter der weiblichen Bevölkerung, ist man geneigt, dies zu glauben. Moderne Frauen haben ohnedies lieber einen schwulen besten Freund, der immer gut riecht, als einen muffeligen Ehemann, der es mit der Körperhygiene nicht so genau nimmt und wenn er abends nach Hause kommt, die Beine auf den Couchtisch knallt und schreit: „Ey, wo bleibt das Abendessen?!“

Und die Erkenntnis, dass man sich mit einem Hund zwar den Teppich versaut, mit einem Mann aber das ganze Leben, hat sich offenbar auch schon lange herumgesprochen.

Natürlich verändern Mann, und auch Frau, sich im Laufe der Zeit. Die Schwerkraft gewinnt den Kampf zusehends und Frauen haben dann manchmal ihre liebe Mühe, den Göttergatten, der ohnedies nie zu den romantischsten zählte, zu einem zärtlichen Rendezvous zu verführen. Da ist schon so manche Liebesnacht zu Gunsten der Fußballbegeisterung des geliebten Hausherrn ins Wasser gefallen. Auch übertriebene Ehrlichkeit, ist im Laufe so einer Ehe nicht immer angebracht, wenn es darum geht, der Liebsten das Gefühl zu geben, sie wäre immer noch die einzige Frau auf der Welt, um die es zu kämpfen lohnt.

Wenn sich also Ihre Gattin lasziv auf dem Laken räkelt und lüstern haucht: „Liebling, ich trage nichts als das Kleid der Liebe für dich“, dann empfiehlt es sich, nicht zu antworten: „Du hättest es ja noch mal überbügeln können!“

Männer und Frauen, die sich aber, allen widrigen Umständen zum Trotz, dann doch dazu entschlossen haben, es mit dem Bund für´s Leben mal so für´ne Weile zu probieren, sollten bedenken, dass der Satz:

„Bis der Tod euch scheidet“ in einer Zeit erfunden wurde, in der die durchschnittliche Lebenserwartung bei dreißig Jahren lag.

Da dies aber in der heutigen Zeit, dank modernster Medizin und meist gesunder Lebensweise, nicht mehr der Fall ist, sieht man sich alsbald gezwungen, sich in der großen Kunst zu üben, nach der anfänglichen Euphorie das Feuer der Leidenschaft am Brennen zu halten. Langeweile ist ja bekanntlich etwas, das sich geschickt in Beziehungen einzuschleichen versteht. Und meine Herren, wenn Sie Ihrer Frau drohen, aus lauter Verzweiflung aus dem Fenster zu springen und sie Ihnen den Müll mitgeben will, dann sollten Sie Ihre Beziehung noch einmal gründlich überdenken und beginnen, das brüchig gewordene Fundament auszubessern, bevor Sie sich, mit einer

Mülltüte in der Hand, auf den langen Weg aus dem dritten Stock - via Schlafzimmerfenster - in den Garten begeben.

Nur ein guter Rat.

12 Zigaretten

Sie haben sicher auch schon bemerkt, dass es nicht mehr IN ist zu rauchen. In fast allen öffentlichen Gebäuden und Einrichtungen ist es bereits verboten. In den Gaststätten sind die Aschenbecher von den Tischen verschwunden, die Luft ist wieder rein und klar und vor den Lokalen stehen größere und kleinere Grüppchen zitternder Menschlein, die gierig ihre Zigaretten paffen und damit das Stadtbild immens verschönern.

Nun stellt sich für mich persönlich dieses Problem ja gar nicht, da ich zu keiner Zeit meines Lebens dem Tabak verfallen war. Deshalb bin ich auch umso zufriedener, dass viele die Gelegenheit ergriffen haben und das Rauchen gleich aufgegeben haben. Glücklicherweise habe ich ja, wie bereits flüchtig erwähnt, nie geraucht, so kann ich mir jetzt die Mühe des Abgewöhnens ersparen. Aber natürlich gibt es auch in meinem Bekannten- und Freundeskreis Raucher, schwere Raucher. Auch so starke Raucher, die sogar zwischen zwei Zigaretten noch eine geraucht haben.

Und trotzdem haben gerade diese ihr, doch so

liebgewordenes, Laster oft aufgegeben. Man erkennt den „Neu – Nichtraucher“ ja oft daran, das er Kekse im Aschenbecher ausdrückt

Von außen betrachtet ist das eine tolle Sache. Nicht das mit den Keksen, das Aufhören. Aber man sollte es wirklich nicht für möglich halten, in welche Gewissenskonflikte das tatsächlich so einen „Neu – Nichtraucher“ stürzen kann. Für „Schon - Immer – Nichtraucher“ sind es neue Brüder, Konvertiten, neue Freunde im Geiste, die auf die richtige Seite gewechselt haben. Sie sind stolz auf ihre neuen Club - Mitglieder. Sie werden mit Komplimenten überschüttet: „Super, dass du es endlich geschafft hast!“

Solche Freudenausbrüche werden auch immer mal gerne von einem jovialen Schulterklopfen begleitet. Das unterstreicht die Gewichtigkeit des Gesagten. Für die unverbesserlichen Weiterraucher, die früher ihre allerbesten Freunde waren, sind sie Verräter, Abtrünnige, Judasse der schlimmsten Art. Dabei liegen die Vorteile des Nichtrauchens ja ganz klar auf der Hand. Man gewinnt nämlich nicht nur neue Freunde und verliert alte, nein, man gewinnt auch die Herrschaft über seine Sinne wieder zurück. Da wäre der Geruchssinn zu erwähnen. Der jetzt „Neu – Nichtraucher“ springt nun morgens frisch aus dem Bett, öffnet das Fenster und ....riecht, zum ersten Mal seit Jahren, er riecht Dinge von denen er gar nicht mehr wusste, dass sie einen Eigengeruch besitzen. Benzin - Kohlenmonoxid - Hundekacke...!

Viele Raucher dachten ja auch ihr ganzes Leben, das es am Rauchen läge, wenn das Essen so fade und langweilig schmeckte. Nein, es lag an ihrer Frau! Es war ihnen einfach nicht aufgefallen, dass sie gar nicht kochen kann und sogar beim Wasser kochen ein Stück Butter ins Wasser wirft, dass es nicht anbrennt. Die meisten haben ja schon in der Schule mit dem Rauchen begonnen. Kaum war die Pause eingeläutet, stürzten alle in die Toiletten - acht, neun Schüler in einer Kabine. Der Rauch war so stark, wenn man die Toilette betrat, hatte man das Gefühl, die industrielle Revolution hätte gerade erst begonnen. Wenn mal einer eine Kabine dafür benutzte, wofür sie eigentlich gedacht ist, war es wie eine frische Brise.

Können Sie sich noch zurück erinnern, an die

Zeit ohne Rauchverbote? Sogar im Kino wurde geraucht. Dicke Rauchschwaden durchzogen den Saal und wenn man sich dann endlich bis zur Leinwand durchgekämpft hatte dann rauchte garantiert auch noch einer im Film.

Ich kann es mir nur zu lebhaft vorstellen, dass das Aufhören für Raucher nicht so einfach ist und es bei den meisten gar nicht am guten Willen scheitert. Aber der Teufel liegt im Detail und daher spielt sich das Abgewöhnen meist wie folgt ab. Also es ist acht Uhr morgens, heute ist der Tag an dem Sie das rauchen aufgeben werden.

Sie springen frohgelaunt aus dem Bett, ein neuer Tag, was sage ich, eine neues Leben liegt vor Ihnen. Heute werden Sie aufhören.Schluss mit Husten, Schluss mit Kurzatmigkeit, Schluss mit brennenden Augen, Schluss mit............ Aber wie?

Gut, ein kleines Zugeständnis, Sie werden es nicht gleich ganz aufgeben, sondern erstmal reduzieren.

Am besten ist, Sie rauchen nur noch nach wirklich erfreulichen und schönen Momenten, also nur noch in Situationen, nach denen es sich wirklich lohnt. Nach dem Essen zum Beispiel. Das sind Momente, in denen die meisten Raucher wirklich gerne rauchen. Fein, also gibt es ab jetzt nur noch eine Zigarette nach jeder Mahlzeit.

Das sind dann zwölf Zigaretten pro Tag. Ich glaube, ich bleibe Nichtraucher.

Anwalts Liebling

Wann lügt ein Anwalt?

Eine alte Sage berichtet, wenn er die Lippen bewegt. Das schreckt viele ab und es ist ja auch wirklich eine Kunst, im Falle des Falles, den richtigen Anwalt zu finden. Und die Frage: „Woran erkennt Mann oder Frau denn nun den richtigen Anwalt?“ ist durchaus berechtigt. Nun ich würde sagen, der gute Anwalt kennt das Gesetz, der sehr gute Anwalt kennt den Richter.

Viele werden jetzt sagen, das ist zu hart formuliert- finde ich gar nicht. Ich musste leider in meinem, sonst doch so ruhigen und gesetzestreuen Leben schon den einen oder anderen Prozess führen. Teils um an Geld zu kommen, das mir hinterlistige und missgünstige Menschen vorenthielten oder um zu verhindern, dass hinterlistige und missgünstige Menschen an mein Geld herankommen. Beides gleich schwer.

Es war vor ungefähr zwanzig Jahren (ich war also noch ein Kind), da verkaufte ich einen ziemlich wertvollen Gegenstand, es handelte sich dabei um einen Weißfuchsmantel, an eine liebreizende Kollegin. Ich hatte mich dazu entschlossen, da ich selbst in dem Ding wie ein bekiffter Schneemann ausgesehen habe. Sie freute sich gar sehr über dieses flauschige, kuschelige Mäntelchen und hatte außerdem jeden Grund sich zu freuen, denn auch der Preis war in höchstem Maße kuschelig und kollegial.

Nun was soll ich ihnen sagen, es wurde eine Ratenzahlung vereinbart. Das Wort „Raten“ kommt nicht von ungefähr darin vor, an die sie sich natürlich nicht hielt.

Ich sprach sie mehrmals persönlich darauf an. Da wurde mir erst bewusst, dass die Gebrüder Grimm mit ihrer Sammlung an Märchen ein Verein von einfallslosen Nichtskönnern waren, verglichen mit der ausgesprochen brillianten Gabe, meiner bis dahin hochgeschätzten Kollegin für das Erfinden von faulen Ausreden und Erklärungen, warum denn nun die Rate noch immer nicht auf meinem Konto eingegangen war.

Ups............!

Ich spielte bereits mit dem Gedanken, sie

selbst als Anwalt gegen sich selbst zu engagieren, ich hätte mir um mein Geld keine Sorgen machen müssen. Nun, meine Geduld ist lang, ich nagte zu der Zeit gerade nicht am Hungertuch, also wartete ich langmütig. Aber eines schönen Tages entschloss ich mich dann doch, und jetzt schließt sich der Bogen wieder zum eigentlichen Thema dieser Geschichte, einen Anwalt zu konsultieren.

Kurz gesagt, ich wurde empfangen, der Sachverhalt wurde notiert, diverse Briefe wurden geschrieben und verschickt, ein Prozess wurde anberaumt- ich gewann, meine Prozessgegnerin schwor diverse Eide und ich habe mein Geld bis heute nicht gesehen. Mittlerweile ist die besagte Kollegin ein Engelchen und sitzt auf einer kleinen rosa Wolke im Künstlerhimmel.

Meine Bewunderung für sie als Künstlerin blieb auch durch unser Mantelerlebnis ungebrochen und wir haben noch zu Lebzeiten Frieden geschlossen.

Aber jetzt kommt die Pointe, wenn Ihr Anwalt sagt: *Die Gerechtigkeit hat gesiegt* - dann legen Sie um Gottes Willen sofort Berufung ein.

Denn mancher Anwalt ist von Beruf aus schwerhörig und kann daher auch nicht auf seine innere Stimme hören.

Leider gibt es ja immer mal wieder Situationen im Leben, da geht es halt nicht ohne Anwalt. Scheidungen sind so ein leidiges Beispiel. Allerdings geht die Scheidungsrate allmählich immer mehr zurück, da immer mehr Menschen als Single durchs Leben gehen.

Viele Frauen heiraten ja nicht, weil sie sich für viel zu intelligent halten, einen zu heiraten, der so doof ist, sie zu nehmen. Wenn sie aber nun doch, vorerst erfolgreich, in den Hafen der Ehe eingefahren waren und sich nicht mehr mit Hafenrundfahrten begnügen wollten und nun ist es vorbei, dann bleibt ihnen nichts anderes übrig, als sich von ihrer bislang besseren Hälfte wieder zu trennen.

Da kommt einem wieder die Erkenntnis hoch, dass die Ehe der Zustand ist, in dem man sich verspricht alle Sorgen zu teilen die man gar nicht hätte, wenn man nicht geheiratet hätte. Und nun geht´s zum Scheidungsanwalt. Am besten ist natürlich, Sie haben einen guten und triftigen Scheidungsgrund. Die über Alles geliebte Schwiegermutter ist da leider nicht ausreichend, denn Sie müssen auch damit rechnen, dass Ihre, Ihnen bislang treu ergeben Ehefrau, sich gar nicht von Ihnen scheiden lassen will.

Vielleicht ist sie der Meinung: „Zwanzig Jahre lang habe ich ihn ertragen, jetzt will ich ihn auch nicht mehr glücklich machen!" Wirft Ihre Frau mit Tellern nach Ihnen? Dann ist das kein Scheidungsgrund.

Trifft sie - dann schon.Sollte die Scheidung allerdings von der Frau ausgehen, eignet sich ein kleiner Hinweis auf Impotenz allerdings hervorragend. Wobei die d r e i h u n d e r t prozentige Impotenz die allerbesten Aussichten auf Erfolg hat. Das ist jene Form des Liebesversagens, bei der sich der Göttergatte beim zufälligen Sturz über die Treppe nicht nur beide Arme gebrochen, sondern auch auf die Zunge gebissen hat. Im Falle Sie allerdings Kinder ihr eigen nennen, dann wird der Richter sicherlich mit Ihnen über die Zahlungsmodalitäten reden wollen. Die Antwort: „Aber ich bitte Sie, dafür will ich doch nichts haben" ist, meine Herren, mit

Sicherheit nicht die richtige.

Seien Sie großzügig und geben Sie Ihrer bald Ex-Frau was sie haben möchte. Es gibt übrigens eine neue Barbie-Puppe - sie heißt *Barbie wird geschieden* und kostet fünfhundertneunzig Euro. Sie sagen das ist sehr teuer? Eine normale Barbie kostet nur zwölf Euro. Da haben Sie natürlich Recht, aber bedenken Sie bei der Scheidungs-Barbie gibt es unglaublich viel Zubehör obendrauf - Ken´s Haus, Ken´s Motorrad, Ken´s Auto, Ken´s Stereoanlage... Und glauben Sie mir, wenn Ihr Anwalt sagt: „Das haben wir gleich“ dann meint er mit Sicherheit Ihr Geld.

Fazit: Natürlich kostet so eine Scheidung manchmal mehr Geld als die Hochzeit, aber man hat ja auch länger Freude dran.

Mein letzter Wille

Sind Sie ganz sicher, dass Ihre geliebte Frau, sofern sie eine haben und sofern Sie vor ihr das Zeitliche segnen sollten, Ihren letzten Willen, den Sie mit soviel Liebe, Gefühl und völlig ohne bösartige oder gar nachtragende Hintergedanken, nicht einmal Neffe Emil gegenüber, dem verkommenen schrägen Hund, der zwar das Gründungsdarlehen aus warmer Hand genommen hat, sich danach aber nicht die Bohne um seinen alten Onkel, aber dafür umso mehr , um die nicht ganz so alte Tante gekümmert hat niedergeschrieben haben, erfüllen wird?

Na, da hat sich ja schon so mancher getäuscht. Vieles beruht selbstverständlich auf dummen Missverständnissen.

So kann man ja im Schock der Trauer und des Verlustes leicht verwirrt sein und die, für einen besonders schönen Stein vorgesehenen, zwanzigtausend Euro in einen besonders schönen Einkaräter, in Weißgold gefasst, investieren. Das sieht ja auch wesentlich schöner aus als so ein wuchtiger Marmorblock, der sich ja ziemlich schlecht rumschleppen lässt und dann doch in einer dunklen Ecke der letzten Ruhestätte vor sich hin gammelt.

Gut, man kann jetzt sagen: „Aber so hat er es doch nicht gemeint, der liebe Verstorbene!" Richtig, aber es bleibt was es ist - ein besonders schöner Stein.

Manch einer hat bei so einer Beerdigung schon seine blauen Wunder erlebt und da ich selbst mal im dienenden Gewerbe des Gastes tätig war, weiß ich, dass die meisten Leichenschmäuse ein wesentlich höheres Unterhaltungspotential aufweisen als so manche Hochzeit. Es wird getrunken, es wird gelacht, es wird noch mehr getrunken und man trifft Verwandte und Bekannte wieder, bei deren Anblick man normalerweise die Straßenseite wechselt, wenn sie einem zufällig begegnen. Pech ist nur, dass die Hauptperson am wenigsten davon hat. Obwohl, so genau weiß man das ja auch nicht. Ich persönlich glaube ganz bestimmt und fest an ein Leben nach dem Tod und darüber hinaus. Ich bin unverbesserlicher Optimist.

Über die genauen Umstände, Daseinsformen und dekorativen Einzelheiten im Jenseits bin ich mir allerdings auch nicht so ganz im

Klaren. Ich habe viele Jahre in verschiedenen Religionen und Kulturen geforscht und versucht, mich ein wenig schlauer zu machen. Muss aber zu meinem Bedauern zugeben, dass es zu Recht „Glauben“ heißt.

Und wie sagte meine liebe Omi immer: „Glauben heißt, nichts wissen.“ Da hatte sie ganz recht, die liebe Omi. Aber Omi´s haben ja immer recht und heute weiß sie ohnedies mehr, sie wollte nämlich auf keinen Fall auf einer Wolke sitzen und froh Halleluja singen.

So wie der Münchner Kabarettist Adolf Gondrell in dem berühmten Sketch „Ein Münchner im Himmel“ Luja sog I.... usw.Sie wissen hoffentlich was ich meine und wenn, dann machen Sie sich schlau.

Ich bin zum Beispiel absolut davon überzeugt, das die traditionelle Trennung zwischen Himmel und Hölle schon vor langer Zeit abgeschafft wurde und es jetzt ein sogenanntes integriertes Gesamt-Jenseits gibt. Die Himmelsverwaltung hatte nämlich, nach mehreren Millionen Jahren erfolglosem Zweiklassensystem, eine totale und radikale Reform durchgeführt. Warum(?) werden Sie jetzt möglicherweise fragen und das ist ihr gutes Recht. Nun, der andauernde Anwälte, Ärzte und Priestermangel in den himmlischen Gefilden machte sofort eine durchgreifende Veränderung der Strukturen dringend nötig. Es war schon ein wenig lästig, wegen jedes Problems, das man nur von einem Fachmann der vorgenannten Professionen lösen konnte, immer den Teufel um Hilfe bitten zu müssen. Man wurde auch den tausenden Teufeln nicht mehr Herr, die aus der Hölle geflohen waren seit Honecker bei ihnen eingezogen war. Und außerdem war es im Wolkenparadies mittlerweile ein wenig langweilig geworden - immer die gleichen Geschichten von Mutter Teresa und Lady Di

Aber natürlich sind auch im Gemeinschafts - Himmel -Hölle - Paradies - Verdammnis - Mischmasch nicht alle gleich.Wo kämen wir denn da hin, wenn der Saddam auf der selben Wolke sitzen dürfte wie Inge Meysel? Nein, nein, das ist schon geregelt. Die auf ewig Verdammten müssen nämlich den ganzen Tag dem Moshammer Rudi beim Harfeüben zuhören oder so was ähnlich Schreckliches. Es ist also alles ganz anders als man es sich so vorstellt oder auch nicht. Möglicherweise haben die Atheisten ja doch Recht und wenn es aus ist, ist es halt aus. So wie es dunkel wird, wenn man das Licht ausschaltet. Nur das man das Licht in diesem Fall nicht selber, freiwillig, ausmacht. Es wird ausgemacht. Der Vorsichtige hat ja dann immer noch ein Streichholz dabei – „Just in case". Und wenn Sie dann vor Petrus am großen Tor stehen und plötzlich stottern und einfach keinen vernünftigen Satz herausbringen, dann liegt das vielleicht gar nicht daran, dass Sie so schrecklich nervös sind, sondern daran, dass Sie im Großklinikum seit einer halben Stunde reanimiert werden.

Und glauben Sie mir, meine Herren, sollten Sie aus dem Koma wieder erwachen und leise flüstern: „Bin ich im Himmel?", dann erschrecken Sie bitte nicht, wenn Sie die Stimme ihrer geliebten Gattin hören: „Aber nein, Liebling, ich bin immer noch bei dir".

Ich rufe Ihnen zu: „Verzweifeln Sie nicht - es gibt Hoffnung!"

PS: Fakt ist, sterben müssen wir alle. Aber sollte es diesmal glücklicherweise noch nicht Sie, sondern unglücklicherweise einen lieben

Freund oder Verwandten getroffen haben, und Sie schleppen sich gramgebeugt zur Beerdigung und Ihr Auto, das Sie vor dem Friedhof geparkt haben ist weg - dann kann es sein, dass der Dieb dachte, der Besitzer wäre tot.

Homebanking

Ein Banker ist ein Mann, der Ihnen bei Sonnenschein einen Regenschirm borgt und ihn bei Regen wieder zurückverlangt.Das ist eigentlich schon die Essenz der Geschichte, aber tun wir mal so, als ob wir davon nichts wüssten. Ich habe eine Hausbank, man nennt das so, weil die Räumlichkeiten der Bank meist in einem Haus untergebracht sind. Sie sagen, dass ist nicht logisch? Ich sage -ist es doch! Es kann nämlich keine andere Erklärung für den Namen Hausbank geben als den eben genannten, außer, es handelt sich um eine Bank vor meinem Haus, vor meinem eigenen Haus, das wäre mir persönlich natürlich lieber.

Findet aber nicht statt. Möchten Sie bei einer Bank arbeiten? Ich nicht. Oder ehrlich gesagt weiß ich es gar nicht so ganz genau, ich glaube es hat etwas Deprimierendes. Es ist so ein bisschen wie bei der Mafia. Es geht immer um viel Geld, es geht immer um fremdes Geld, man läuft ständig im dunklen Anzug durch die Gegend und wer mit den Behörden spricht, sollte sich auf Arbeit besser nicht mehr sehen lassen.

Ich weiß noch sehr, sehr gut, als ich das Konto

bei dieser Bank eröffnete. Ich wollte nämlich gar kein Konto eröffnen, ich bin eigentlich nur zufällig an der Bank vorbeigegangen.

Aber vielleicht erinnern Sie sich noch an die Zeiten, als die Banken exzessiv um Kunden geworben haben. Mit Slogans wie: "Wir sind die freundliche Bank" - oder „Wir sind die Bank, die sich um sie kümmert“. Der Spruch : „Alles ist möglich“ war auch sehr schön.

Man musste also nur völlig ahnungslos an einem dieser Geldinstitute vorbeischlendern, schon hatte man einen dieser seltsam überfreundlichen und hyperaktiven Bankfuzzis am Hals, der einen mit schmeichelnden Worten ins Hexenhäuschen lockte.

Ganz abgesehen davon, dass das Konto, das ich mit süßen, lockenden Worten eindringlich empfohlen bekam, kostenlos war, bekam man ein Startguthaben von fünfzig Euro geschenkt und es gab auch noch einen Extrabonus von einem Euro pro Monat. Selbstverständlich.

Als ich auf die Frage nach meinem derzeitigen Beschäftigungsverhältnis leicht und locker mit: „Arbeitslos“ antwortete, sagte der charmante

Sachbearbeiter: „Prima, da können sie doch sicher ein paar Euro´s extra gut gebrauchen.“ Ich dachte ich bin im Schlaraffenland.

Na, und Kredit war natürlich überhaupt kein Problem: „Sie wollen ein Haus bauen (?) - ja bitte, hier, nehmen Sie und kaufen Sie sich ein Haus!“

„Ein Auto? Aber natürlich brauchen Sie ein Auto, Sie wollen doch nicht, wie irgendein Idiot, zu Fuß latschen!“ Das hat sich alles grundlegend geändert. Wenn Sie Ihre Bank früher wie ein rohes Ei behandelt hat, dann tut sie heute genau das, was man mit rohen Eiern macht, man haut sie in die Pfanne. Also beschweren Sie sich nicht, Sie sind „nur“ der Kunde. Heute ist es die „Sie wollen Geld? Das ist doch nicht ihr Ernst?“ - Bank. Oder die „Was heißt Sie können ihren Kredit nicht zurückzahlen? Wir werden Sie pfänden, bis Sie verhungern!“ - Bank.

Heutzutage bekommen Sie nur noch einen Kredit, wenn Sie der Bank hieb und stichfest beweisen können, dass Sie ihn gar nicht brauchen - in der Medizin nennt man so was Schizophrenie.

Viele haben ja durch ihre Bank durchaus ein kleines Vermögen gemacht, indem sie ein großes hinbrachten und ein paar Jahre geduldig gewartet haben. Viele Dinge erledigen sich dann sozusagen von selbst.

Dabei hängt der Erfolg der Wirtschaft ja ganz allein von unserem Kaufverhalten ab. Um die Wirtschaft anzukurbeln sollten uns die Banken Kredite geben. Viele von uns haben ja Kreditkarten, die nehmen wir und kaufen damit unsinnige Dinge, die wir niemals gekauft hätten, wenn wir sie gleich bar bezahlen hätten müssen

Und was tut die Bank? Sie nimmt Gebühren. Man muss nämlich Gebühren und Zinsen bezahlen, wenn man sein Konto überzieht, obwohl die Bank doch in so einem Fall genau weiß, dass man gar kein Geld hat. Wie undankbar kann man eigentlich sein?

So eine Bank öffnet ja in der Regel um neun Uhr morgens, in der Zeit zwischen neun Uhr und zwölf sitzen also circa acht bis fünfzehn Bankmittarbeiter an ihren Schaltern und machen absolut nichts.

Denn der normale Durchschnittsbürger erledigt seine Bankgeschäfte zwischen zwölf und vierzehn Uhr dreißig. Wenn Sie aber eine Bank in der Zeit zwischen zwölf und vierzehn Uhr dreißig betreten, sind sechs bis acht hoch motovierte Helfer in der Mittagspause. Und dann kann ich mich niemals entscheiden, bei welcher Schlange ich mich nun anstellen soll. Gesetzt den Fall, es gibt zwei Schlangen - eine mit fünf Personen und eine mit neun Personen. Jetzt ringe ich bereits mit mir, soll ich mich bei fünf anstellen? Natürlich, fünf ist weniger als neun, da muss es schneller gehen. Ich also bei fünf. Plötzlich verringert sich die neun auf drei, ich wechsle blitzschnell. Da........., bei der früheren drei ist es nur noch einer, ich springe behände zurück. Der Mann öffnet einen Aktenkoffer und wechselt fünfzigtausend Euro in ein Cent Münzen. Der innere Kampf zerreißt mich fast. Ich wage es nochmal und wechsle wieder in die ehemalige neun, jetzt drei.........!

Und so weiter und so fort. Ich habe oft schon ganze Nachmittage auf diese unterhaltsame und kurzweilige Art und Weise in meiner Hausbank (Sie erinnern sich?) verbracht und als ich endlich an der Reihe war, hat man mir den Schalter vor meiner Nase geschlossen.Ich habe mich ohnedies immer gefragt, wieso mein Sachbearbeiter clever genug ist, mir zu ganz wichtigen Aktien zu raten, aber offensichtlich zu clever, um sie sich selber zu kaufen. Das hat etwas von der Wahrsagerin, die bei der Begrüßung fragt: „Na, wie geht es Ihnen denn?“ Da sollte man Abstand nehmen. Das Arbeiten mit Geld ist eine sensible Angelegenheit und ich bin voller Stolz und Freude, wenn es meinem Sachbearbeiter gelingt, nicht mein ganzes Geld zu verspielen und er mich dann mit den Worten trösten will: „Aber nein, das Geld ist doch nicht weg. Es gehört jetzt nur einem anderen.“ Denn ein Geschäft war erst dann ein gutes Geschäft, wenn man dem Finanzamt nachweisen kann, das es kein Geschäft war.

PS: Und all diese schönen Erlebnisse soll ich mir durch „Homebanking“ entgehen lassen.

Notlandung

Wenn ich fliege, und zeitweise fliege ich ziemlich oft, dann interessiert es mich wirklich herzlich wenig, auf welcher Sorte Sitz ich sitze oder ob ich, anstatt zwei, nur ein labbriges Brötchen und neuerdings einen salzigen oder süßen Snack bekomme.

Mich interessieren drei Dinge - wird das Flugzeug starten? Und wenn das Ding dann in der Luft ist - wird es auch in der Luft bleiben?

Und wenn wir wieder herunterkommen - werden wir dort herunterkommen (?), wo man mir versprochen hat herunter zu kommen. Das ist eigentlich alles, was ich wirklich wissen will.

Aber, haben Sie schon einmal aufmerksam auf die besondere Terminologie in Flugzeugen geachtet?

Die seltsame Art und Weise, wie Flugbegleiter und Flugbegleiterinnen die verschiedensten Sachverhalte ausdrücken. Zum Beispiel ist es sehr eigenartig, dass immer wenn die Maschine kurz vor dem Start bereits auf dem Rollfeld steht, die charmante Flugbegleiterin sich genötigt fühlt, plötzlich all die schrecklichen Dinge durchzusagen, die im natürlich unwahrscheinlichen Fall der Fälle schief gehen können. Diese Dinge werden einem niemals erzählt, wenn man das Ticket kauft. Keiner sagt: „Bitte sehr Ihr Ticket nach Singapur, bedenken Sie aber, dass eventuell die Tragflächen oder sonstige Teile des stählernen Vogels ganz unerwartet abbrechen oder es zu einem akuten Sauerstoffmangel an Bord kommen könnte." Nichts dergleichen, die Fluggesellschaft wartet gezielt, bis man im Flugzeug sitzt. Und nicht nur, dass man im Flugzeug mit dreihundert anderen Passagieren natürlich keinen Skandal und sich zum Affen machen möchte. Nein, man ist auch noch angeschnallt.

Also praktisch emotional und physisch gefesselt.

„SOLLTE DER UNWAHRSCHEINLICHE FALL EINES DRUCKVERLUSTES IN DER KABINE AUFTRETEN, FALLEN SAUERSTOFFMASKEN AUS DEN KLAPPEN ÜBER IHNEN, ZIEHEN SIE EINE DAVON ÜBER MUND UND NASE UND ATMEN SIE NORMAL WEITER."

Das ist aber sehr nett von diesen Leuten. Sauerstoff- erst bringen sie dich zehntausend Meter in die Höhe, da ist doch Sauerstoff das Mindeste, was man erwarten kann. Und das Schönste ist „Atmen Sie normal weiter!“. Na, ich sehe mich schon, tausende Meter über dem Meeresspiegel, die Klappen gehen auf und die Dinger fallen heraus. Da greift man sich doch gerne mal ganz cool so ne Maske und denkt sich:“Ahh, Sauerstoff - der Druck muss wohl gefallen sein.“ Ich bitte Sie, wo bleibt denn die gute alte PANIK?

Ich garantiere Ihnen, wenn Sie in diese Situation kommen und diese Dinger fallen vor Ihnen aus der Kabinendecke, das erste das passiert ist, das Ihre Analnerven versagen. Und in so einem Jumbo-Jet gibt es drei bis fünfhundert Analnerven.

Also, je schneller Sie das Ding über ihre Nase stülpen, desto besser.

„IM UNWAHRSCHEINLICHEN FALL EINER NOTLANDUNG AUF WASSER, FINDEN SIE IHRE SCHWIMMWESTE

UNTER IHREM SITZ.“

Diese Durchsage erschallt allerdings auch bei einem Flug von Berlin nach Hannover. Wann hat eigentlich das letzte Mal ein Flugzeug im Wannsee notgewassert?

Das nur so als Frage. Da war er aber wieder, der unwahrscheinliche Fall, die Notlandung. Dieses gruselige Wort vereint ja zwei unvereinbare Umstände miteinander. So zu sagen eine Wort-Emulsion. Not und Landung. Not hat so etwas Bedrohliches und Landung klingt so sicher und harmlos. Ist Ihnen eigentlich klar, dass so ein Flugzeug mindestens so groß, klobig und schwer wie ein Einfamilienhaus ist? An dieser Stelle möchte ich kurz erwähnen das Einfamilienhäuser gar nicht fliegen können.

Nun konstruieren wir doch einmal, den höchst unwahrscheinlichen Fall, das Einfamilienhaus fällt aus zehntausend Metern Höhe, plötzlich und ungebremst, herunter. Ich glaube, Sie haben meine Gedankengänge verstanden.

Landung, dass ich nicht lache! Auch über Wasser ist das ganze Szenario nicht vertrauenerweckender, trotz Schwimmweste und vorheriger Einweisung in ihre Benutzung durch die (den) zauberhafte(n) Flugbegleiter (in). Dreihundert schreiende Passagiere versuchen in einem, mit achthundert Stundenkilometern im Sturzflug auf die Erde zu rasenden Flugzeug, ihre Schwimmwesten unter den Sitzen hervor zu zerren, sie anzuziehen und auch noch zwei schöne Schleifen zu binden. Aber Dank der herausragenden Flugkünste Ihres Kapitäns, der heute auf seinen dritten Martini verzichtet hatte, ist es gelungen, das Flugzeug wider Erwarten, perfekt, mitten im Indischen Ozean, trotz meterhoher Wellen, sanft zu landen. Die Türen werden geöffnet und die gelben Notrutschen werden ausgerollt und aufgeblasen, diszipliniert steigen dreihundert Passagiere, mit tadellos korrekt angelegten Schwimmwesten, aber ohne ihre Schuhe, über die Rutschen aus dem Flugzeug. An den Ausgängen stehen Flugbegleiter und helfen den Passagieren mit den Worten:

„Dankeschön, dass Sie unsere Airline gewählt haben."

So weit so gut, aber was ist mit den

Haifischen? Haben Sie schon einmal diese Notfallkarte, die in der Sitztasche steckt, wirklich angesehen? Da sieht man kleine Menschen in Schwimmwesten, die von sanften Wellen umspült, im Ozean auf ihre Rettung warten. Aber man sieht keine Haifischflossen.

Sollten Sie also in einem Flugzeug auf der Notfallkarte kleine schwarze Haifischflossen entdecken, dann war ich vor Ihnen da. Denn das ist es was ich ab jetzt mache - ich zeichne kleine schwarze Haifischflossen auf jede Notfallkarte, die mir zwischen die Finger kommt.

Ach, beinahe hätte ich es vergessen, zu ihrer zusätzlichen Sicherheit bekommen alle Passagiere eine Trillerpfeife.

Im Indischen Ozean?!

Meilenweit nichts als Wasser! Aber sorgen Sie sich nicht, Sie haben ja eine Trillerpfeife.Das Rettungsflugzeug überfliegt Sie in viertausend Metern Höhe. Aber sorgen Sie sich nicht, Sie haben ja eine Trillerpfeife. Und wenn Sie auf ewig in den Wellen verschollen bleiben, was immer gefunden wird ist die Black Box.

Kein Wunder, sie ist feuerfest, wasserfest, bombensicher. Auf die glorreiche Idee, doch die Flugzeuge aus diesem Material zu bauen, ist aber noch keiner gekommen.

Wäre ja auch zu einfach.

Wetter

Meine Frau, und das können Sie mir glauben, ist immer äußerst interessiert, meine Meinung zu den verschiedensten Dingen und Ereignissen zu erfahren. Sie legt eben großen Wert auf die fundierte Meinung eines so lebenserfahrenen und vielseitig orientierten Menschen, wie ich es nun einmal bin. Sollten Sie jetzt den leichten Anflug von Ironie nicht gleich bemerkt haben und denken, ich sei einfach eingebildet, dann haben Sie, so oder so, Recht.

So fragte sie mich erst neulich: „Schatz (das bin übrigens ich), wie fandest du das Wetter heute?“ - Eine durchaus, in keinster Weise, profane Frage und ich antwortete ihr, mit der mir eigenen, Nonchalance eines Weltmannes: „Wie immer Liebling, ich machte das Fenster auf und da war es!“

Undankbar wie Frauen nun einmal sind, nannte sie mich einen Trottel und ging zur Tagesordnung über. Sind wir doch ehrlich, kein Mensch weiß, wie das Wetter wirklich in den nächsten Tagen, ja nicht einmal in den nächsten Stunden sein wird. Die Metorologie ist eine würdige Nachfolgerin der Alchemie, jener ehrwürdigen Kunst, die ein alter Zweig der Naturphilosophie war und im 17./18. Jahrhundert nach und nach von der modernen Chemie und Pharmakologie und eben der Meteorologie abgelöst wurde

Selbst die Engel im Himmel diskutieren wie das Wetter sein wird. Wobei den meisten Engeln ein wolkiger Himmel am liebsten wäre, denn dann können sie sich auch mal wieder hinsetzen.

„Luja sog I".

Allerdings muss man zur Ehrenrettung der Herren und Damen Wetterfrösche schon sagen, das die Vorhersagen immer korrekter werden, nur mit dem dazu passenden Datum tun sich die Wissenschaftler noch etwas schwer. Diese Erkenntnis nützt Ihnen natürlich reichlich wenig, wenn bei Ihnen gerade die „leichte Bewölkung" von der Feuerwehr aus Ihrem Keller gepumpt wird.Da läuft das bei den Naturvölkern wesentlich entspannter - da sagt die Kannibalen-Mutter zu ihren Kindern: „Wenn ihr jetzt schön brav euren Meteorologen aufesst, dann gibt es morgen auch wieder schönes Wetter." Das ist bei uns natürlich undenkbar, obwohl auch bei uns so mancher den Wetterfrosch oder die Wetterfröschin vom Fernsehen „gefressen“ hat. Und Kachelmann ist bestimmt gesund und leicht verdaulich, bei den Unmengen an Actimel, die er werbewirksam in sich hinein geschüttet hat. Schon Hildegard Knef (unser Hildchen) hat gesungen: „Für mich soll´s rote Rosen regnen“. Da fragen wir uns doch - wusste sie mehr?

Obwohl man in der Schlager- und Chanson-Szene ja immer schon einen Hang zum schlechten Wetter hatte. Es soll ja angeblich tausende Lieder über Regen geben und nur eine kleine Hand voll über Sonnenschein. Nun so genau habe ich das nicht recherchiert, aber es ist tatsächlich so, dass mir spontan mehr Regenlieder einfallen, z.B. *„Unter einem Regenschirm am Abend*“ oder *„I´m singing in the rain*“, *„It´s raining men*“ ist auch nicht schlecht.

Und trotzdem sehnen wir uns ständig nach den, noch so kleinen, Sonnenstrahlen, die es im günstigsten Fall durch die dichte Wolkendecke schaffen.

Wir legen uns, bestrichen mit diversen Ölen

und Fetten, zu Tausenden und Abertausenden in Reihe und Glied an südliche Strände und braten, bis wir „well done“ sind und aussehen wie Indianer in der Mauser. Denn auch so ein Sonnenbrand hat seine Schattenseiten. Und tun wir den Meteorologen wirklich unrecht, wenn wir sie mit Fröschen vergleichen? Ich glaube nicht. Beide sitzen den ganzen Tag herum, quaken dummes Zeug und warten auf Mücken.

Darum, wenn Sie das nächste Mal den freundlichen Meteorologen Ihres Vertrauens treffen, dann fragen Sie ihn liebevoll: „Was hatten wir denn gestern so für ein Wetter?“.

P.S.:Das Geheimnis, warum die Wetter-Prognose gestern richtig war - der Wetterfrosch hatte seinen Schirm vergessen, den Wagen gewaschen und war zu einer Gartenparty eingeladen -

Da MUSSTE es regnen.

Statistisch

Haben Sie sich auch schon des Öfteren gefragt, woher die Werbeindustrie so ganz genau weiß, was wir wollen und was uns eher nicht tangiert?

Genau, sie veranstalten Umfragen und aus den Ergebnissen basteln sie eine Statistik.

Ich habe mir erst vor kurzem ein Buch über Statistiken gekauft - ich bin ziemlich fasziniert von Statistiken, all die Zahlen und die vielen lustigen bunten Balken und unübersichtlichen Berechnungen.

Toll. Und wenn Sie glauben, so eine Statistik ist etwas trockenes bürokratisches dann irren Sie sich gewaltig. Man kann da eine ganze Menge fürs eigene Leben lernen. Wenn beispielsweise ein Jäger auf einen Hasen schießt und der Hase einen Haken schlägt, dann fliegt die Kugel zehn Zentimeter links am Hasen vorbei. Jetzt schießt der Jäger nochmal. Diesmal fliegt die Kugel zehn Zentimeter rechts am Hasen vorbei. Wir beachten, auch diesmal schlägt der Hase einen Haken. Statistische gesehen ist der Hase jetzt tot. Ist das nicht großartig? Ich meine natürlich nicht für den Hasen. Statistiken greifen übrigens auch direkt ins intimste Privatleben ein. Man hat nämlich herausgefunden, dass der durchschnittliche Mann durchaus in der Lage ist 50000 (i.W. fünfzigtausend) mal Liebe zu machen. Ich weiß, jetzt leuchten die Augen so mancher Leserin und Sie fragen sich zu Recht, warum der Mann, den Sie zu Hause herumliegen haben, ausgerechnet in dieser Beziehung, nicht so ein ganz klein wenig "durchschnittlicher" ist?

Was mir aber ein ewiges Rätsel bleiben wird ist allerdings, wie man das herausgefunden hat. Gibt es da einen armen Kerl, den man in ein Labor geschleppt hat, über und über verkabelt und der sich dort zu Tode „lieben“ musste? Wenn ich allerdings genauer drüber nachdenke, will ich es, glaube ich, auch gar nicht wissen.

Besonders im schönen England (da hat man ja bekanntlicherweise ohnedies eine Neigung zum etwas schrägeren Humor) sind einschlägige Wissenschaftler ja besonders aktiv, um für die Welt unbedingt existentiell wichtige Erkenntnisse zu entdecken und zu veröffentlichen. Ich las also bei einem meiner

Besuche im Vereinigten Königreich folgendes in einer Tageszeitung:

Eine von drei Frauen hat langes Haar. Eine von zwanzig Frauen hat rotes Haar. Eine von sechzig Frauen hat langes rotes Haar. Damit aber noch nicht genug, denn: Eine von eintausend Frauen fühlt sich zu älteren Männern hingezogen. Eine von eintausend Frauen fühlt sich zu wallisischen Bergbauern hingezogen.

Das bedeutet zusammengefasst soviel wie:

Eine unter dreißig Millionen Frauen hat langes rotes Haar und fühlt sich zu einem alten wallisischen Bergbauern hingezogen.

Wenn der arme Kerl Pech hat, ist es eine Nonne, hat er Glück ist es Nazan Eckes - Denn wir wissen aus der Werbung es sind immer neun von zehn Frauen und Nazan Eckes. Wenn Sie jetzt sagen, dass Sie das alles schon wussten und das es in Wales gar keine Bergbauern gibt, dann kann es nur sein, dass Sie ein Verhältnis mit einem englischen Statistiker haben oder hatten. Was statistische gesehen eigentlich auch nur einmal unter sechshunderttausend Frauen vorkommt. Sie sind also sozusagen der statistische Beweis der Statistik. Als ich begonnen hatte mir über dieses Thema Gedanken zu machen, wusste ich noch gar nicht, dass es der Art umfangreich ist, aber wir wollen ja nicht schon bei der Hälfte des Buches herumjammern und schwächeln und daher hier gleich die nächsten erstaunlichen Ergebnisse und Fakten meiner weltweiten Recherche. Wir leben ja hier in unserem schönen Land und das selbe gilt natürlich auch für die geschätzten Leser in Österreich und der Schweiz oder wo auch immer sie dieses Buch auch gerade lesen, wird es nicht anders sein, im Wohlstand und Überfluss und vielleicht ist es Ihnen ja auch schon aufgefallen, dass die Süßwarenregale im Supermarkt Ihres Vertrauens in der Regel mindestens dreimal so groß sind wie die der Gemüseabteilung. Jeder einzelne Einwohner der BRD isst, statistisch gesehen, dreißig Kilogramm Schokolade pro Jahr. Sie haben sich nicht verlesen dreißig Kilo.

Ich esse keine Schokolade. Das bedeutet, dass es irgendwo einen verfressenen Typen gibt, der sechzig Kilo Schokolade in sich hineinstopft. Das will ich nicht. Vielleicht behauptet er irgendwann einmal, er leide seit Jahren an hartnäckiger Verstopfung, nur weil er immer meine dreißig Kilo Schokolade, inklusive Smarties, Bounties und Häagen Dazs essen musste, nur dass die Statistik stimmt. Das ich von Zeit zu Zeit ein Flugzeug besteigen muss und damit so meine kleinen Problemchen habe, das haben Sie ja bereits in einer anderen Geschichte in diesem Buch erfahren. Aber das Gefühl, mir das Fliegen völlig zu vermiesen, hat mit der folgenden Statistik ihren vorläufigen Höhepunkt gefunden. Man hat nämlich festgestellt, das der normale Passagier auf einem Acht-Stunden-Flug vierzehn mal furzt. Vierzehn mal, das bedeutet, Sie befinden sich mit fünfhundert Passagieren in einem Jumbo-Jet..........das sind siebentausend Fürze!Und man kann nicht raus! Man atmet permanent Furzluft.

Der Furz, den Sie selbst gerade furzen, ist eigentlich der, den Sie gerade eingeatmet haben. Das stinkt mir aber gewaltig. Da kommt mir die Angst vor Frauen mit Silikonimplantaten, die ja angeblich in großen Höhen in Flugzeugen explodieren können und das offensichtlich auch regelmäßig tun, geradezu lächerlich vor. Obwohl, ich gucke jetzt immer nach Frauen mit großen Brüsten, wenn ich fliege. Das ist übrigens eine prima Ausrede für Sie, meine Herren, wenn Ihre Frau mal wieder meckert: „Starr den Frauen doch nicht immer so auf die Brüste!“. Dann können Sie ganz ruhig sagen: „Aber Liebling, ich bin doch nur um deine Sicherheit besorgt.“

Zu guter Letzt fragen wir uns, müssen Statistiker auch sterben? Klar, nur lassen sie sich gerne in Jerusalem begraben, denn dort, im bekannterweise Heiligen Land, ist die Auferstehungswahrscheinlichkeit am größten. Statistisch gesehen.

PS: Der unvergessene Wiener Kabarettist Karl Farkas hat es bereits 1958 auf den Punkt gebracht -“Ein Statistiker ist ein Mann, der viertausend Schilling monatlich dafür bekommt, dass er ausrechnet, wie ein anderer mit nur neunhundert Schilling im Monat leben kann.“

(Schilling war die Österreichische Währung vor dem Euro)

Erwachet

man in Berlin sagt. Aber scheinbar doch nicht

Wann hat es eigentlich bei Ihnen das letzte mal an der Tür geklingelt? Ach es klingelt regelmäßig? Na dann hoffe ich, dass immer nette Menschen davor stehen, deren Besuch Sie genießen. Wir, meine Familie und ich, wohnen ja ziemlich weit draußen- „JWD" wie weit genug für meine „Freunde", die Zeugen Jehovas. Denen kann der Weg zu ihren Klienten nicht steinig und unbefestigt genug sein, als dass sie sich nicht auf den selbigen machen, um mit mir über Gott zu reden.

Ich bin ja der Meinung, das meine privaten Gespräche mit Gott, so ganz unter uns im Stillen, völlig ausreichend sind. Aber was so ein pflichtbewusster Zeuge ist, der ist der Überzeugung, es könnte immer noch ein wenig mehr sein. In Bayern sagt man:

„A bisser'l wos geht ollerweil".

Heute Nachmittag war es wieder mal so weit, es klingelte also an unserer Tür. Ich war ein wenig genervt, da ich gerade von einer ziemlich langen und anstrengenden Tournee zurückgekommen war und es mir just auf meiner Couch gemütlich machen wollte. Ich schleppte mich mit letzter Kraft zur Haustüre und warf einen misstrauischen Blick auf die beiden Figuren, die sich dekorativ in unserem Hauseingang postiert hatten.

Es war eine gemischtgeschlechtliche Gruppe, also Männchen und Weibchen.

Sie, eine mollige Frau vielleicht Mitte vierzig, braunes zurückgekämmtes Haar, Marke „komisch ich werde nie zum tanzen aufgefordert“ und er, ein Mann, in den Fünfzigern. Beide trugen jeweils eine Aktentasche und ich hatte schon kalten Schweiß auf der Stirn, denn ich wusste im selben Augenblick- das können nur Zeugen Jehovas sein. Es ist bei mir so eine Art Frühwarnsystem, das mich Zeugen Jehovas auf fünfhundert Meter gegen den Wind erkennen lässt. Man erkennt übrigens sofort den Unterschied zum Handelsvertreter unter anderem daran, dass in die hässlichen kleinen Aktentaschen keine Staubsauger passen. Eigentlich weiß ich gar nicht in welchem Zustand geistiger Umnachtung oder

Drogenrausch ich mich in diesem Moment befunden haben muss, aber ich öffnete, wie von fremder Hand geführt, die Tür. Dümmlich lächelnd grüßte sie höflich mit: „Guten Tag“, dem er ein: „Hätten Sie Interesse an einem Gespräch über Jesus?“ folgen ließ. Sie nannten dann beide auch noch ihre Namen, die ich aber im selben Augenblick sofort wieder verdrängte.

Ich: „Danke, aber ich kaufe nichts!“ Er: „Aber nein, wir sind von den Zeugen Jehovas, wir sind Soldaten des Himmels.“ Um Gottes Willen, dachte ich in diesem Moment, hat er wirklich geglaubt, dass man das nicht auf den ersten Blick sieht.

Ich: „Sie sind also Soldaten des Himmels? Dann haben Sie ja immer einen verdammt langen Weg in die Kaserne.“ Wobei ich jetzt an dieser Stelle nicht erwähnen muss das Humor nicht die herausragendste Stärke der Himmelssoldaten zu sein scheint.

Es folgte also eine kleine Pause und, um sie nicht zu Wort kommen zu lassen, sagte ich: „Wieso Soldaten? - ist denn Krieg?“ Sie: „Äh, nein das nicht.......dürfen wir denn einen

Augenblick herein kommen?“

Da sich in diesem Moment mein, vorher dringendes, Auf-der-Couch-Schlafbedürfnis verabschiedet hatte, dachte ich mir, ich gönne mir ein wenig Spaß und bat sie herein. Freudig stürzten sich unsere drei Hunde, ein kleiner und zwei, zugegebenermaßen, große, auf die Besucher. Eigentlich in freudiger Erregung, aber das weiß man ja als Gast nie so ganz genau, besonders wenn man zum ersten Mal da ist. Die Zeugen wurden also noch ein wenig blasser als sie ohnedies schon um die Nasen waren.

Ich: „Keine Angst, die tun euch doch nichts.“ Ich sagte das zwar zu meinen Hunden, aber die Zeugen schienen davon ein wenig beruhigt und wanderten schnurstracks ins Wohnzimmer. Ich schickte unsere Hunde mit einem: „Nun ist es aber genug!“ in den Garten und bekomme dafür vom männlichen Zeugen prompt eine Belobigung: „Die hören aber gut.“ Leider konnte ich das Lob gar nicht richtig genießen, denn ich musste daran denken, dass die Katze bis vor kurzem noch auf der Couch gelegen hatte und malte mir aus, das sich die Haare hervorragend auf dem

Anzug und dem Chanel- Kostümverschnitt meiner zeugenden Gäste ausmachen werden. Meine Einladung auf ein Tässchen Tee nahmen sie dankend an und ich verschwand für ein Weilchen in der Küche. Als ich zurückkam ging die Fragerei dann aber wirklich los.

Er: „Glauben Sie an Gott?“ Ich: „Meinen Sie nicht, dass diese Frage ein wenig zu persönlich ist?“ Sie (irritiert): „Nur Jesus kann die Menschen beschützen. Er ist für unsere Sünden gestorben.“ Ich: „Woher weiß Isa ibn Maryam denn von meinen Sünden?“ Sie (guckt blöd): „Wer?“ Ich: „Na, Isa ibn Maryam von Nazareth, der später Jesus Christus genannt wurde. Sagen Sie bloß, als Zeuge Jehovas kenne Sie Jesus´ bürgerlichen Namen, seinen waren Namen nicht? Wer hat Sie denn ausgebildet?“ Das hatte gesessen und ich war noch nicht mal warm gelaufen. Er (verlegen): „Jesus ist allwissend.“ Ich: „Aha, ganz der Papa, wie? Ich dachte dieses Attribut sei Gott vorbehalten? Allwissenheit für die Zukunft wurde aber nachweislich schon von namhaften Physikern ad absurdum geführt. Nehmen sie nur mal die beweisbare Theorie von den Varianzen des Zeitstrahls, die unendliche Vielfalt möglicher

Zukünfte führen in die Chaostheorie und spalten das Kontinuum in endlose unterschiedliche Varianten. Jede menschliche Zukunftsvorhersage ist daher absolut unmöglich, da sich nicht berechnen lässt welche der unendlichen möglichen Parallelen des Multiversums der Zeitstrahl kreuzen wird."

Jetzt hatte ich sie. Sie meinte dann noch: „Ich glaube, bei Ihnen können wir nichts mehr retten." Ich: „Und das ist auch gut so" (Der Satz eignet sich nicht nur für Bürgermeister) Er: „Jesus wird Sie nicht retten, sondern Ihre Seele verdammen." Ich: „Aber ich kann die Zukunft voraussagen!" Schade, dass meine neuen Freunde dann ganz schnell gehen mussten, ich hätte so gerne noch mehr über die Soldaten des Himmels und ihre Aufgabe auf Erden erfahren und außerdem hätte ich auch gerne ihre Gesichter gesehen wenn die Überdosis Abführmittel im Tee ihre volle Wirkung entfaltet. Das hätte ich den beiden voraussagen können, aber sie wollten mir ja nicht zuhören. PS: Mittlerweile weiß ich auch woran die Zeugen Jehova eigentlich so glauben. Sie glauben daran dass man ihnen die Türe aufmacht.

Time Management

Haben Sie eigentlich auch manches Mal nicht genug Hände, nicht genug Gedanken und nicht genug Zeit, um alle die Dinge, die Sie sich vorgenommen haben, gerade heute und nicht erst später zu tun?

Ich schon. Es überkommt mich zeitweise ein derartiges Koordinationsminus und die Kluft zwischen Dingen die sofort erledigt werden müssen und der Zeit, die dafür zur Verfügung steht ist größer als der Grand Canyon. Natürlich baue ich mir in Gedanken eine Hängebrücke, die ich dann vorsichtig und möglichst ohne in den Abgrund zu gucken zu überqueren versuche. In solchen Momenten fühlt man sich unendlich allein. Muss man aber gar nicht.

Das Zauberwort heißt: Time Management.

Gut, man könnte auch Zeiteinteilung oder Planung dazu sagen, aber Time Management klingt doch gleich wesentlich wichtiger. Am vergangenen Freitag zum Beispiel lief ich zufällig einem, offensichtlich genauso unter Organisationsdruck stehenden, Freund und Kollegen in die Arme, der mir mit schmerzverzerrtem Gesicht erzählte, er komme gerade von einem fürchterlich wichtigen und die Karriere vorantreibenden Auftritt in New York zurück und wäre gestern noch in Montreal gewesen und morgen beglücke er bereits wieder seine Fans in London.

Starr vor Ehrfurcht und in mich hinein gefressenem Neid, gucke ich in mit großen Augen an und wundere mich, dass er bei so viel Erfolg doch nicht den geringsten Grund hätte, ein derart mieses und verbiestertes Gesicht zu ziehen. Ganz Freund wie ich nun mal bin, frage ich ihn das auch. Na das hätte ich besser nicht tun sollen. „Ja, was denkst denn Du (?), ich hetze von einem Termin zum anderen und weiß überhaupt nicht mehr, wo mir der Kopf steht und außerdem habe ich zwischendurch noch meine Schwiegermutter verbrennen lassen."

Naiv, wie ich in solchen Situationen manches Mal bin, frage ich auch noch: „Aber ich wusste ja gar nicht, dass sie verstorben ist!" Darauf er: „Ist sie ja auch gar nicht, ich hatte nur zufällig zwischen den Proben in New York und Montreal Zeit und da sie ohnedies die ganze Zeit immer herumgejammert hat: -Ich will verbrannt werden, ich will verbrannt werden-, habe ich die Gelegenheit halt ausgenutzt."

„Time Management, Du verstehst?"" Ich muss an dieser Stelle einfügen, dass sich die Schwiegermutter meines Freundes bester Gesundheit erfreut und er (mein Freund) nur einen Witz machen wollte und wer eignet sich dafür besser als eine Schwiegermutter. Offensichtlich ist es doch wichtig, das richtige Time Management so lange zu betreiben, wie man noch kann. Ja, da sehe ich schon die jüngeren Leser und Leserinnen (merken Sie, wie ich politisch korrekt bin) schmunzeln und gleichzeitig stöhnen:

„Aber dafür haben wir ja noch soooo viel Zeit, wir sind ja noch sooooo jung."

Das vergeht. Jeder muss da mal durch, mit vierzig geht es los, da wird man langsam kurz - oder weitsichtig und dann kann man plötzlich ohne Brille nicht einmal mehr die eigenen Geburtstagskarten lesen. Mit fünfzig beginnt das Gedächtnis sich ganz langsam aber sicher zu verabschieden: „Wie heißt nochmal unser drittes Kind, Schatz, das kleine da mit den Sommersprossen...........?"

Mit sechzig beginnt man unkontrolliert zu pupsen- wo immer man geht und steht, man pupst, pupst, pupst. Und mit siebzig verliert man den Geruchssinn- das bedeutet die Zeit zwischen sechzig und siebzig ist die schlimmste.

Da kann es schon mal vorkommen, dass sie einen Bekannten auf der Straße treffen und er begrüßt Sie mit den Worten: „Ups, ich habe Dich gar nicht kommen gerochen."

Reiseleiter, die Bustouren mit Senioren zu obskuren Verkaufsveranstaltungen begleiten, lassen gerne mal erst einen Kanarienvogel durch den Bus fliegen - ein erprobter Test gegen giftige Gase, wie ihn Weinbauern heute noch in den Kellern anwenden (wieder was für´s Leben gelernt).

Und meine Damen, haben Sie schon bemerkt, dass auch die Schönheit durchaus einem gewissen Time Management unterworfen ist? Alle wollen wie dreißig aussehen. Das braucht Planung.Warum? Wenn Sie mich das jetzt fragen und eine Frau sind, dann habe ich gleich eine Gegenfrage für Sie. Haben sie Abitur? Waren Sie auf einer Universität? Und wenn ja, hat Ihnen dieser Umstand bei der

Suche nach dem richtigen Mann fürs Leben geholfen? Wenn ja, dann haben Sie wahrscheinlich Ihren Professor geheiratet. Männer gehen, normalerweise, Frauen nicht unter die Bluse auf der Suche nach einem Bibliotheksausweis. Niemals, es ist immer nur das Aussehen, immer.

Wenn ich vor Publikum stehe und mir die Damen in der ersten Reihe betrachte, dann kann ich mit 99,9%iger Sicherheit sagen, wer von ihnen verheiratet ist und wer nicht. Wie ich das mache? Nun es ist die Art wie Frauen sitzen. Verheiratete Frauen sitzen gemütlich, entspannt, nett zurechtgemacht, aber entspannt. Single Frauen dagegen sitzen aufrecht, Brust raus, das Haar immer ein wenig locker über die Schulter werfend und die Zunge immer ein wenig auf den Lippen. In dem Moment wo eine Frau verheiratet ist, verschwindet die Zunge und ward nie mehr gesehen. Langsam wird man älter und der Körper verliert an Spannung, die Anziehungskraft gewinnt die Oberhand, Brüste wandern nach unten und die Gewinne der BH - Industrie proportional nach oben. Denn manche Frauen können eine Mammographie und eine Pediküre zur selben

Zeit haben. Aber nicht nur Frauenkörper sacken in Richtung Erdmittelpunkt, nein auch Männerkörper sind diesem harten Schicksal erbarmungslos ausgeliefert - allerdings passiert es bei Männern über Nacht, von einer Sekunde zur anderen. Ein nackter Mann mit sechzig kann die Golfbälle zu Hause lassen.

Frohe Ostern. Nun muss man sagen, dass die meisten Frauen das Time - Aging - Management in unseren Tagen wesentlich besser im Griff haben als noch vor hundert Jahren. So mancher Omi sieht man ihr Omi-sein wirklich nicht an. Und woran liegt das? Natürlich nur an der frischen Luft, Aerobic, viel Wasser trinken, Barbara-Rüttig-Brot essen und regelmäßig zum Schönheitschirurgen gehen. Dann ist das Time Management in der richtigen Balance. Selbstverständlich würden die meisten der holden Damen die sich bei Dr. Botox und Co. die Klinke in die Hand geben, dieses nicht öffentlich zugeben und ich muss heute noch schallend lachen wenn ich an die Lippen von Chiara O. denke, die nur deshalb wie ein Paar implantierter Würstchen aussehen würden, weil sie sich das Haar jetzt anders frisiert. Hat sie das wirklich gesagt?

Ja, hat sie

In der High Society, ganz besonders in Kreisen die sich dafür halten, findet man ja unzählige Beispiele für verunglückte Gesichtskorrekturen. Und so manche Hight Society Lady hätte sich aus dem was der Chirurg weggeschnitten hat, locker ein Kofferset nähen lassen können. Daran kann man erkennen, dass Geld manchmal doch besser zum Fenster hinaus geworfen werden sollte, denn dann kann man es noch flattern sehen und hat Freude daran, die Leute zu beobachten, die sich auf der Straße darum prügeln, anstatt es zu einem gewissenlosen Arzt zu tragen, der auf seinem goldglänzenden Hightech Praxisschild „Schönheitschirurg" stehen hat und in Wirklichkeit Zahnmedizin studiert hat. Mir tun ja auch immer die dazugehörigen Männer leid, die ihre Frauen schon seit Jahren nicht mehr ohne Bandagen gesehen haben und wenn, dann haben sie sie gar nicht mehr wieder erkannt.

Er: "Ach hallo, sind Sie eine Freundin meiner Frau?"

Sie: "Du Trottel, ich bin´s doch, ich bin deine Frau!"

Er: "Verzeihung Schatz, trägst du dein Haar jetzt anders?"

Der neueste Trend kommt, wie so vieles, aus Good Old America - Vagina Lifting. Ja Sie haben richtig gelesen - Vagina Lifting.

Alle Frauen in Amerika wollen jetzt unten´rum aussehen wie Angelina Jolie. Gut, wenn es nach der Operation Brad Pitt als Zugabe gibt, kann ich ja noch ein gewisses Maß an Verständnis dafür aufbringen. Vielleicht liegt es daran, dass ich doch nur ein Mann bin, aber ich wusste wohl um den Umstand des Brüsteabsinkens, aber Vaginas?

War mir neu. Gut, ich betrat auch im Theater bei den „Vagina Monologen" völliges Neuland. Ich kann mir auch vorstellen, dass es für Mädchen ziemlich erschreckend sein muss, wenn die Mutter zu ihnen sagt: „Denke daran mein liebes Kind, wenn Du in ein gewisses Alter kommst, dann wird Deine Vagina absinken, aber das ist gut, so kannst Du im Schlafzimmer Sex haben und dabei trotzdem im Wohnzimmer fernsehen." Aber man kann das ja jetzt wieder ganz leicht in Ordnung bringen lassen. Kostet nur schlappe achttausend Euro. Verzeihen Sie mir meine Offenheit. Und wenn sich Frauen um den optischen Zustand ihrer Gesichter und ihrer unteren Regionen Sorgen machen, so kümmert das die Männer in der Regel weniger, bis auf einige Ausnahmen. Aber glauben Sie nicht, Männer würden nur so in den Tag hinein leben und sich über ihren makellosen Körper und dessen unaufhaltsamen Verfall keine Sorgen machen.

Doch das machen sie wohl, nur auf einer ganz anderen Ebene. Eine Ebene tiefer sozusagen. Aber meine Herren, hadern Sie nicht mit Ihrem Schicksal, denn Rettung naht. Für Sie, werte Herren der Schöpfung, gibt es jetzt eine bahnbrechende Errungenschaft, die in den Schlafzimmern der Welt und Seniorenheimen Einzug halten möchte. Nein, nicht Viagra................ sondern VIAGRA PLUS.

Der Unterschied. Viagra Plus beschert Ihnen eine Vierunddreißig-Stunden-Erektion. Denn der super Slogan der Firma lautet: „Dann sind Sie bereit, wenn SIE bereit ist". Können Sie sich das bildlich vorstellen, neunzigjährige Männer mit v i e r u n d d r e i ß i g Stunden Erektionen, damit ER bereit ist, wenn SIE vom Osteoporose-Stammtisch nach Hause kommt?

Die armen Frauen! Wenn der Liebesakt dann möglicherweise auch nur knappe zehn Minuten dauert, sind das trotzdem zweihundertundzwölf mal dass Sie einen Orgasmus vortäuschen müssen.

Und die Männer. Selbst wenn er ein Liebesgott ist, bleiben ihm immer noch rund dreiunddreißig Stunden nutzloser Erektion übrig! Was soll er tun (?). Sich vor ein Einkaufszentrum stellen und jede Frau fragen: „Kann ich ihnen helfen?" Es ist ein Time-Management-Albtraum.

Fazit unserer Betrachtung über Time-Management und missglücktes Time-Management: Es ist wichtig, im richtigen Moment am richtigen Ort zu sein.

Da hat Paris HILTON wohl doch nicht so richtig aufgepasst, als sie ihren Porno Film im MARRIOT- Hotel gedreht hat.

Come in and find out

Ich weiß, man sieht es mir nicht an, aber auch ich feierte erst vor kurzem meinen neununddreißigsten Geburtstag. Es war ein rauschendes Fest und meine lieben Kollegen, wie Sie sicher aus eigener Erfahrung wissen, gibt es nur „liebe" Kollegen, alle anderen sind ein Mythos, haben mir ein wirklich großzügiges Geschenk gemacht.

Einen Gutschein.

Ja, der eine oder andere von Ihnen mag jetzt einwerfen: „Gutscheine sind die Geschenke der Einfallslosen". Dem will ich grundsätzlich nicht widersprechen. Ich habe mich aber trotzdem sehr darüber gefreut, denn die Tatsache, dass sich in dieser gedankenlosen Branche überhaupt jemand Gedanken um einen anderen macht, ist bereits in höchstem Maße zu würdigen.

Nun war ich also stolzer Besitzer eines Gutscheins der Fa. D., das ist die wo man´reinkommen soll, um was´raus zu finden. Ein Paradies der Schönheit, in etwa wie OBI für Frauen und verzauberte Männer.

Es war übrigens ein blauer Gutschein im Wert

von einhundert Euronen sollte ich vergessen haben es zu erwähnen. Ich befand mich zur Zeit der Gutscheinübergabe in dem schönen Städtchen Hannover das in Fachkreisen ja bekanntlich als Hochburg des Humors und der Fröhlichkeit gilt.

In dieser heiteren und unbeschwerten Atmosphäre zog ich also los in die Fußgängerzone, um meinen Gutschein in einer der zahlreichen Filialen der vorhin genannten Firma, einem international operierenden Parfümeriekonzern, einzulösen. Es war gar nicht so einfach, und Sie wissen, ich bin manchmal ein wenig wankelmütig, mich für die richtige Filiale zu entscheiden. In Hannover gibt es nämlich auf der Fußgängerzone zwei dieser Geschäfte, ein großes und ein kleines. Ich entschied mich für das große. Ein schwerwiegender Anfänger-Fehler, wie sich in Kürze herausstellen wird. Frohen Mutes betrat ich die duftenden Hallen der Schönheit, Wellness und Glücksseligkeit. Und ja, wie soll ich es ausdrücken, ich fühlte mich ziemlich allein.

Zwar waren im Laden ca. acht bis zwölf ich

nenne sie mal Anwesenheitsschönheiten, sie als Verkäuferinnen zu bezeichnen schien mir doch etwas hoch gegriffen. Diese anmutigen Wesen standen, von elfengleicher Statur, gar hübsch gewandet und geschminkt wie vierzehn arbeitslose Hobby-Transvestiten am Wochenende, in einer kleinen Herde, Pardon Gruppe, beisammen und unterhielten sich miteinander. Alle hatten so ein Schultertuch von Hermés um, also nicht vom Hermes Versand sondern von Hermés de Paris und waren pausenlos nur schön.

Nun bin ich, wie meine geneigten Leser sicherlich bereits wissen, nicht schüchtern und auch keineswegs auf den Mund gefallen und bewegte mich also nassforsch auf die Damen zu.

Das allein verursachte bereits einige Verwirrung. Ein kollektives Zucken durchfuhr die Gruppe und man konnte es förmlich auf ihren schweißnassen Stirnen lesen: „Hilfe, ein Kunde, möglicherweise will er etwas kaufen! Mist, warum bin ich heute nicht schon früher in die Mittagspause gegangen?"

Ich habe dann eine der Damen angesprochen:

„Entschuldigen sie Fräulein (alleine das war schon eine Lüge) darf ich IHNEN vielleicht etwas verkaufen?“

Nachdem sie sich von ihrem Schock erholt hatte, stieß sie ein panisches: „Was wollen Sie denn?“ zwischen den zusammengekniffenen Zähnen hervor. Eigentlich hatte ich in diesem Moment ein wenig Mitleid mit diesem luxusgeplagten Geschöpf und antwortete daher ganz devot: „Nun, da Sie mich schon so charmant ansprechen, ich hätte da so einen Gutschein, den muss ich ja zwangsläufig bei Ihnen verplempern, ich habe mir da auch schon das eine oder andere ausgesucht und hätte noch gerne..........“. Kaum hatte ich es ausgesprochen, da schoss sie, wie von der Tarantel gestochen, auf eine Vitrine zu und stellte das Zeug vor mich hin.

Jetzt war ich allerdings platt, soviel Energie, in so konzentrierter Form, hätte ich ihr gar nicht zugetraut. Was uns lehrt, dass der erste Eindruck doch nicht immer der richtige sein muss.

Wir sind dann zur Kasse, also sie voran und ich mit dem Krempel hinterher. An der Kasse hat sie erst mich angesehen, dann die Waren, die ich kaufen wollte, dann wieder mich und immer so hin und her und anschließend hauchte sie mit leiser Stimme: „Aber das sind ja Produkte für Damen?“ Woran Sie werter Leser und bezaubernde Leserin erkennen können, dass ich an diesem Vormittag als Knabendarsteller unterwegs war.

„Ja!“ sage ich: „Stört es Sie? Ich hätte jetzt gerne noch ein paar Pröbchen.“ Da greift sie unter den Ladentisch und gibt mir so Herrenzeugs, After Shave und solchen Kram, alles mit dem herben Duft des Moschus-Ochsen. Da kann ich leider so gar nicht drauf.

„Nee, danke“ sage ich: „Das möchte ich nicht.“ Jetzt war ihre Welt zusammengebrochen, ich glaube sie hatte sogar ein oder zwei kleine Verzweiflungstränchen in den Augenwinkeln. Und mit erstickter Stimme sagte sie dann zu mir: „Na dann gebe ich Ihnen ein Duschbad, das kann ja jeder verwenden.“ Dem ist nichts hinzuzufügen.

Jesus & Co

Also, selbst auf die Gefahr hin, das Sie mich für total bekloppt halten - Elvis lebt - ich kann das wirklich mit gutem Gewissen behaupten, denn ich habe ihn selbst gesehen - mit Jesus zusammen.

Ups, ich sehe schon die erschrockenen Gesichter, es wird jetzt ein wenig blasphemisch.

Ich hoffe, Sie können das ertragen? Wenn nicht, blättern Sie bitte zum nächsten Kapitel weiter. Den Kaufpreis können wir Ihnen allerdings aus diesem Grund nicht anteilig zurück erstatten - Pech. Außerdem kann ich sowieso hier auf verzogene Einzelschicksale keine gesteigerte Rücksicht nehmen. Ich habe die beiden also tatsächlich zusammen gesehen - im Bauhaus - sie haben eine Schachtel neue Nägel gekauft.......wofür? Für wen? Ich weiß es nicht. Dass ich, so ein bisschen, eine Neigung zu Elvis habe, wissen Sie vielleicht noch nicht, können Sie mir aber gerne glauben - aber auch mein Freund Jesus, er steht mir nicht fern. Sie müssen das einfach mal von der künstlerischen Seite betrachten - zweitausend Jahre ununterbrochene Karriere. Film,

Fernsehen, Bücher, alles ist über diesen Mann geschrieben und produziert worden. Ich frage Sie im Ernst welcher Schauspieler hätte das nicht gern? Ich finde das toll!

Ich vermute auch, das er Student war - BWL - oder so was in der Größenordnung. Erstens hatte er lange Haare, zweitens wohnte er mit 30 noch immer bei seinen Eltern und drittens, wenn er mal was getan hat, dann war es ein Wunder. Und weil wir gerade so schön dabei sind: Was hat er schon großartiges gemacht? Damals - er ist ein wenig mit Freunden in der Gegend herumgehangen. Obwohl „Freunde" - darüber lässt sich auch streiten - die sind ja auch bloß in kleineren und größeren Gruppen unten herumgestanden und haben zugeguckt.

Bloß nicht helfen! Woher kenne ich das? Ach lassen wir das. Einer davon hat es dann nicht mehr ausgehalten und hat gemeint: „Also, Jesus ich glaube, ich mach Dich jetzt ab." Hat er dann auch gemacht! Jesus konnte gerade noch rufen: „Erst die Füße!!!"" Das ist hart - ich weiß - nehmen Sie es einfach hin, aber verstehen Sie mich bitte nicht falsch, obwohl ich natürlich nicht weiß, wie viele Katholiken sich heute unter Ihnen befinden die jetzt dieses Buch lesen und mich am liebsten gleich der Inquisition übergeben würden. Übrigens, ein auch heute noch von vielen Religioten schmerzlich vermisstes Relikt. Aber das Risiko gehe ich einfach mal ein. Ich bin nämlich ganz sicher, dass der liebe Gott Humor hat. Gehen Sie doch einfach mal in eine Fußgängerzone und gucken Sie sich die Leute an. Na, wenn der keinen Humor hat, dann weiß ich nicht! Gut, ich gebe zu, das Bodenpersonal hat so seine liebe Mühe mit dem Lachen und so.

Ja, ja die Katholiken, ein seltsames Grüppchen Menschen, das aus einem Fischerverein, den Jesus vor zweitausend Jahren wohl aus Langeweile gegründet hat, entstanden ist. Ich beneide sie wirklich und außerdem haben sie Glück, also mit ihrer Religion an sich nicht so wirklich. Denn was soll ich von einer Lehre halten, bei der man erst nach dem Tod glücklich ist? Also frei nach dem Motto - Leben ist nicht so wichtig - Sterben ist das Wahre - Juhuu Paradies, wir kommen!

Da sind die Muslimen mit ihren 72 Jungfrauen klar im Vorteil. Ich bitte Sie......und das Ganze auch noch ohne jegliche Gewissheit und Garantie? Denn wer könnte das Jenseits garantieren? Ist ja, glaube ich, noch keiner zurückgekommen. Also zumindest keiner, den ich persönlich kannte.

Aber es gibt tatsächlich jede Menge Punkte, bei denen meine Freunde, die Katholiken, Glück haben. Stellen Sie sich mal vor, man hätte IHN damals nicht sooooo -na Sie wissen schon - sondern man hätte IHN ertränkt? Jeder Katholik hätte ein Aquarium über dem Bett hängen - so ein Schwachsinn! Quatsch - völliger Blödsinn - obwohl, wenn man darüber nachdenkt, könnten da ja irrsinnige industrielle Möglichkeiten daraus entstehen, ich sage nur - Merchandising.

Für die Bayern zum Beispiel, dreieckige Aquarien.

Stichwort Hergottswinkel.

Wunderbar. Weil ich mich aber in der Regel, also immer, mit Oberflächlichkeiten nicht zufrieden gebe und stets so ein bisschen im Untergrund bohre, habe ich mir dann so überlegt, wie wäre das denn, zum Beispiel bei diesen Hardcore-Christen - also bei diesen Techno- Trance-Katholiken - den Russisch-

und Griechisch- Orthodoxen?

Die haben es ja bekanntlich immer gerne ein wenig prunkvoller, hätten die dann Goldfische in ihrem Aquarium? Die Vermutung liegt nahe. Oder die Evangelischen, schlicht ergreifend - Putzerfische. Hauptsache die Bude ist sauber.

Die Frage nach dem idealen katholischen Fisch war allerdings nicht so einfach zu beantworten. Ja, darüber habe ich mir monatelang mein schönes Köpfchen zerbrochen, aber ich bin dann zu guter Letzt doch dahintergekommen. Black Molli. Black Molli, Ihr Aquarienfachhändler berät Sie gerne- der ideale katholische Fisch - klein, meist schwarz (darum black), vermehren sich wie die Blöden - keine Pille, kein Kondom - der ideale Katholenfisch.

Dabei habe ich mir, aus eingeweihtesten katholischen Bischofskreisen, sagen lassen, dass es nicht unbedingt ein kleiner schwarzer Molli sein muss. Es kann durchaus auch mal ein kleiner blonder dreizehnjähriger Molli sein.

Ja, das ist die Wahrheit - wird nicht gerne gehört - staunen Sie nur! Da war doch dieser Bischof "Gröl" oder so ähnlich - ach Sie wissen nicht wer das ist - Sie vermuten es sei nur ein Geräusch - mitnichten - das ist ein Name. Gröl - Bischof Gröl (kann, wie gesagt, auch anders geheißen haben), der hat ja ziemlich lange und unbeschadet, den dreizehnjährigen Mollis, egal, ob black oder blond, es waren bestimmt auch ein paar rote dabei, ans Pipi gefasst.

Machen Sie sich das mal bewusst, wenn Sie das machen, dann gehen Sie, ruck zuck, für ein paar Jährchen, in den Knast. Der Mann ist nur pensioniert worden. Das nenne ich Verbindungen nach ganz oben. Ja, darüber muss man mal nachdenken, oder?! Ja, ich weiß, viele sind darüber zu Recht entsetzt, aber die Kirche öffnet sich.

Gut, nur an verborgenen Stellen, aber immerhin

Die werden ja auch immer moderner. Blicken Sie einmal zurück, erinnern Sie sich noch an die fliegende Paula? Durch die ganze Welt ist sie geflogen! Ist das nicht toll?

Ich frage Sie, welcher katholische Landpfarrer aus Polen konnte sich schon so einen Traum erfüllen? Man kann es verstehen, ich war ihm nicht böse, das er die vielen Millionen Kirchensteuer seiner treuen Schäfchen zum Vatikanfenster hinaus geschmissen hat anstatt damit irgendwelche armen Kinder zu unterstützen und wirklich Gutes zu tun.

Manchmal glaube ich allerdings, ist sich Mutter Teresa ganz schön veralbert vorgekommen, wenn sie da in Kalkutta ECHTE Nächstenliebe praktiziert hat und ihr „Quasi Chef" fliegt „First Class" von Kontinent zu Kontinent und schwingt kluge Reden. Dabei hatte ich den Vatikan ja längere Zeit ganz schwer in Verdacht, dass die sich eine Wachsfigur von Madame Tussaud in London ausgeliehen hatten, die dann nur noch auf den Balkon geschoben wurde. Sein Gesicht hatte man ja schon Jahre nicht mehr richtig gesehen und das bisschen „Urbi et Orbi", das spricht Ihnen Jörg Knör zwischen Inge Meysel und Gerhard Schröder - auch Vergangenheit.

Gott, die armen Kabarettisten, die nur Gerhard Schröder im Repertoire hatten - alle arbeitslos - aber das gehört nicht hierher.

Modisch war Paule ja immer auf dem neuesten Stand, immer einen Tick schicker als die anderen. Er trug ja immer diese weißen Gewänder - walla walla - aber ab und zu konnte man da schon so´ne kleine Stickerei sehen, ´ne kleine Bordure. Er hatte ganz sicher einen verzauberten Schneider und das schlägt dann schon ab und zu mal durch.

Im Grunde war er aber stinksauer auf seinen Vorgänger, der die prunkvollen Gewänder und das „In – der – Sänfte – getragen - werden" abgeschafft hat. Paule hätte sich schon gerne durch seine Schäfchen schleppen lassen, aber dafür hatte er ja seine zwei bis zwanzig Papamobile und da hatte er auch seine Freude dran.

Nun ist er auch schon Geschichte und wissen Sie, was mich am meisten erschreckt hat? Die Orangenkiste, in der man ihn beerdigt oder besser gesagt, begruftet hat. Das hatte er sich sicher auch ein wenig anders vorgestellt. Dafür hätte er nicht Papst werden brauchen, um dann in so einem Bretterverschlag zu verschwinden. Na ich bin sicher, dass es für die Bescheidenheit im Tode superwichtige Gründe gegeben hat.

Aber jetzt zurück zu unserem Hauptthema, über das ich nochmal so richtig ins Nachdenken verfallen bin. Da habe ich mir überlegt was hätten denn eigentlich meine Busenfreunde, die Zeugen Jehovas, so alles in ihrem Aquarium?

Ja, das ist eine Frage, die jede Nation bewegen sollte. Ich finde es toll, immer und überall, wo ich über die Zeugen Jehovas rede geht sofort so ein Lächeln durch die Menge. Die Zeugen kennt einfach jeder. Denn jeder hatte schon mal einen oder mehrere in seiner Wohnung oder hat welche aus seiner Wohnung entfernt und sei es, mit einigen gezielten Tritten, die Treppe hinunter. Die Möglichkeiten sind ja bunt und vielfältig. Wie Sie geneigte Leserin und geneigter Leser ja bereits in einer anderen Geschichte lesen und lernen konnten.

Ich bin ja auch der Meinung, jeder Zeuge sollte so einen kleinen Button am Revers tragen mit einem P´drauf - P für penetrant.Und daher bin ich überzeugt, dass auch Sie alle bereits einschlägige Erfahrungen mit den Zeugen Jehovas in ihrem Leben gemacht haben.

Ich kenne diese Leute ja eigentlich nur daher,

dass sie meist an irgendeiner ollen zugigen Bahnhofs -oder Straßenecke stehen und mitleidig gucken. Find ich ja auch blöde, immer draußen im Kalten, bei Wind und Wetter, aber da können Sie mal sehen, was für Memmen die Katholen sind, die findet man immer nur in der geschlossenen Kirche und die pöbeln schon wegen der ungepolsterten Stühle und Bänke.

Aber die Zeugen - ganz souverän jeder mit diesem Heft in der Hand - darauf steht „Erwachet“. Ich bin da mal ganz spontan auf einer Fußgängerzone zu einer der Damen hingegangen und habe ziemlich laut gesagt:

„NA, SCHON ERWACHT?! FRÜHSTÜCK!“ Glauben Sie mir, diese Leute haben keinen Humor! Obwohl, es ist gleich ein Mann auf mich zugestürzt und wollte mich für eine neunmonatige Tournée durch sämtliche Bahnhöfe und Fußgängerzonen Europas engagieren. Er meinte mit dieser Nummer werden wir weltberühmt und stinkreich, aber ich habe abgelehnt, Geld bedeutet mir nichts.

Sie müssen jetzt gar nicht so hämisch lachen, in meiner Religion darf man ruhig lügen.

Diesbezüglich haben ja wieder mal die Katholiken die Oberabendrotkarte gezogen. Jedes Mal, wenn da einer lügt, muss er am nächsten Sonntag in die Kirche in dieses Holzkästchen mit dem Fenster und den kleinen Gardinchen, also mich erinnert das immer an ein Kasperletheater. Obwohl - auch Betrug - es sitzt nur ein Kasperle ´drin, keine Großmutter, kein Krokodil, kein Polizist..........

Aber dafür sind die Strafen ausgeklügelter. Da gibt es nicht etwa eins mit der Keule auf den Kopf!? Nein, da darf man sich anschließend, nachdem man seine Sünden losgeworden ist, vorne am Altar den Mund fusselig beten. Hat sich Jahrtausende bewährt. Aber um nochmal schnell zu den Zeugen Jehova und ihrem Aquarium zurückzukommen - ich weiß jetzt, was die da d`rinnen hätten.

Eine kleine Brücke mit einem Männchen (wahlweise Playmobil) d`rauf und natürlich das Wasser nur bis zum Hals weil die warten ja auf den Weltuntergang. Harmageddon. Nun bin ich ja, von Hause aus, kein ängstlicher Typ, aber so apokalyptische Reiter, die überall mit Schwert und Feuer ziellos durch die Gegend reiten und alle abmurksen, die keine Zeugen

Jehovas sind, können auch mir ein gewisses mulmiges Gefühl verursachen. Allerdings frage ich mich ernsthaft, woran denn die Herren Reiter erkennen wollen wer und wer nicht zu den Auserwählten gehört. Und da würde sich wieder mein Vorschlag mit den Buttons und dem P bewähren, da gäbe es keine Verwechslungen und kein: „Hoppla, das mit der Sense tut mir jetzt aber leid!"

Früher stand in diesen Heften, jedes Jahr, das genaue Datum und Uhrzeit, wann denn die apokalyptischen Reiter und damit der Weltuntergang, über uns hereinbrechen werden. Gott sei Dank haben aber sämtliche, bisher vorhergesagten, Termine nicht funktioniert. Jetzt steht da nur noch

„Es wird geschehen".

Na das nenn ich mal geschickt herausgeredet.

Bitte, ich kann ja bei derartiger Vielfalt meine Freunde die Katholiken verstehen, dass da schon mal ein wenig Neid und Eifersucht aufkommt, aber nicht nur gegen die Zeugen! Nein, auch gegen die evangelische Fraktion.

In der Regel erkennt man ja beim ersten Gang durch die Gemeinde ob hier die Katholiken oder die Evangelen die Oberhand haben. Beim evangelischen Pfarrer hängen die Windeln im eigenen Garten beim katholischen bekanntlich im ganzen Dorf.

Und bei den Evangelischen gibt es, wenigstens ab und zu, einen kräftigen Schluck Messwein für jeden. Bei den Katholiken trinkt nur einer, alle anderen müssen vorne am Eingang aus einem Becken trinken und manche waschen sich dann auch noch die Finger drin - na ich weiß nicht?!

Aber man kann es drehen und wenden wie man will, an Unterhaltungswert sind die Zeugen wahrlich nicht zu übertreffen. Die kommen ja auch, wie Sie schon wissen, zu mir nach Hause, robben sich die steinigen Wege entlang und dann rede ich manches Mal mit denen - stundenlang. Anschließend bekomme ich immer stapelweise Dankschreiben von den anderen Bewohnern im Dorf weil, wenn ich mit ihnen fertig bin, sind die so platt, da belästigen sie keinen anderen mehr.

Ich muss Ihnen ja, um der Wahrheit genüge

zu tun, gestehen, ich habe mich ein wenig von diesen Leuten distanziert, ich bin jetzt einer neuen, also einer alten neuen Gruppierung zugewandt, allerdings auch auf der Fußgängerzone. Ich musste also mein gewohntes Betätigungsfeld nicht wechseln, wie praktisch. Kennen Sie vielleicht die mit den orangefarbigen Kutten und diesen kleinen Glöckchenschellen in der Hand.

-Hare Krishna? Hare Krishna - Hare Krishna - Hare Rama - Hare Rama - auch auf ́s Brot, sehr lecker. Im Winter, bei Eis und Schnee, barfuß auf der Fußgängerzone, immer glücklich! Diese Drogen möchte ich kennen.

Das kann an den selbstgebackenen Sesamplätzchen nicht liegen. Obwohl, meine Oma war letztens bei mir zu Besuch, ist auf den Balkon gegangen und hat ganz verzückt gerufen: „Ach, wie süß mein Junge, du züchtest Minze!?“ „Ja!“ sag ich: „Omimi möchtest du einen Keks?“

Eine völlig neue Erlebniswelt hat sich für die Frau aufgetan - Bungeejumping, Inlineskating und sogar Paragliding - alles keine Fremdworte mehr für meine Omimi - meine fünfundneunzigjährige!

Jetzt sucht sie die Kekse allerding immer im Bahlsen -Regal, bei ihrem freundlichen Edeka Kaufmann - na ich sag Omi, das wird schon - erst einmal zu Penny.

Werbung

Ich muss Ihnen gestehen .

Ich bin ein Fernsehjunkie.

Obwohl, das Fernsehprogramm demontiert sich ja Stück für Stück selbst und der Verblödungsfaktor, diverser Nachmittagsshows a´la „Familien im Brennpunkt“,“Frauentausch“ und Konsorten, ja kaum noch zu überbieten ist.

Darum bin ich mittlerweile stickum zur Werbung übergewechselt. Ich bin nämlich der festen Überzeugung, dass heutzutage so manche Werbung viel besser produziert ist und einen extrem höheren Unterhaltungswert besitzt, als die Spielfilme oder Serien, die durch sie unterbrochen werden. Mein absoluter Favorit aber ist und bleiben nicht die normalen Werbespots, sondern diese Homeshopping und sogenannten Dauerwerbesendungen.

Jedes Produkt wird einem genüsslich, mindestens fünfunddreißig Minuten, oder eben noch länger ins Gehirn gehämmert, damit es auch die Doofen, die ganz Doofen und das durchschnittliche Klientel von „Bauer sucht Frau" auch noch verstehen und im Idealfall unverzüglich zum Telefonhörer greifen, um sich das Produkt ihrer Träume sofort direkt ins Haus zu bestellen und damit ihr bisher leeres, offenbar bedeutungsloses, Leben immens zu bereichern.

Das mit dem „Bereichern" gilt übrigens, und das in ganz besonderem Maß, für den oder die Betreiber des Homeshopping Senders und natürlich auch für die Bank, bei der die völlig kaufräuschige und in einem Überschwall an Glückshormonen badende Hausfrau ihren Dispositionskredit bis zum Anschlag ausreizt. Früher musste man ja verkabelt oder verschüsselt sein, um in den Genuss dieser wunderbaren Meisterstücke des heimischen und internationalen Fernsehschaffens zu kommen. Heutzutage gibt es das bei jedem zweiten Sender - RTL SHOP etc.

Aber ich bin nach wie vor meiner Lieblingssendung treu geblieben.

Amazing Discoveries - also - unglaubliche Entdeckungen.

Eine atemberaubend hundsmiserable, geradezu

asynchronisierte Homeshoppingsendung aus den USA. Und glauben Sie mir, was diese Leute dort entdeckt haben, da kommt ARD und ZDF Werbung einfach nicht mit.

Es sei mir gestattet, Ihnen hier einen kleinen Auszug aus der umfangreichen bunten Produktpalette zu präsentieren. Also, da gibt es zum Beispiel den EURO PAINTER - ein Stückchen Schaumgummi, von fleißigen Hausfrauen in Heimarbeit im Schweiße ihrer Füße ausgeschnitten, raffiniert mit einem Plastikgriff versehen. Kostet übrigens € 49,90 also ein Schnäppchen, damit können Sie, einmal in die Farbe eingetaucht, locker eine dreihundert Quadratmeter Wohnung in einem Zug streichen.

So ein Blödsinn! Wer hat schon eine dreihundert Quadratmeter Wohnung? Und wenn, dann streicht er sie bestimmt nicht selbst. Meine Wohnung können Sie, wenn Sie sich etwas Zeit lassen mit einem Nagellackpinselchen in einer knappen halben Stunde komplett durchstreichen, inklusive Türstöcke und Fensterbretter vom Nachbarn. Da bleibt Ihnen noch Farbe übrig.

Danach gibt es GINSU 2000, nein meine lieben Prostata geplagten Leser, ich meine nicht Ginseng, die berühmte japanische Wunderwurzel, sondern das japanische Wundermesser. Hauptsache Wunder. Das es da sechs Steakmesser umsonst dazu gibt muss man nicht extra erwähnen, das versteht sich von selbst und verwundert uns nicht im geringsten. Schon wieder ein Wunder.

Aber GINSU 2000 ist lasergeschliffen, unzerstörbar und es gibt zwei Stück zum Preis von einem. Ich frage Sie in meiner grenzenlosen Naivität, die mich immer wieder an den Rand der Verzweiflung bringt warum zwei Stück, wenn doch eins unzerstörbar ist?

Meine Nachbarin meinte: „Na, zum Verschenken." Verschenken Sie Messer? Ich meine ja, dass so ein Geschenk ganz flott, besonders im Freundeskreis zu irreversiblen Missverständnissen führen kann.

Ja, ich höre Sie schon argumentieren, liebe Hardcore- Schenker, früher hätte man ja auch Seife verschenkt, so in der schmucken Dekoschachtel und der Beschenkte hätte auch nicht vermutet, dass man ihn für ein

Dreckschwein hält. Allerdings, wenn ich so überlege, kenne ich auch Leute - die Frage ist allerdings warum (?) kenne ich solche Leute - bei denen könnte man durchaus die alte Tradition des Seifeverschenkens, aus vorgenannten Gründen, ruhig wieder aufleben lassen.

Es scheint ohnedies eines dieser mysteriösen „Murphyschen“ Gesetze zu sein, dass wenn ich, (und ich bin ja eigentlich Autofahrer, das schirmt einen ja von so manchen Einflüssen ab) mal mit dem Bus oder der U-Bahn fahre, dann fahren alle die Leute, die stinken wie die Iltisse, gemeinsam mit mir im selben Abteil.

Es gibt da ja so Blusen, ich glaube von der Marke „Charme&Anmut“, für deren Herstellung pro Bluse mindestens vierhundert unschuldige kleine Polyester sterben mussten. Der Vorteil bei diesen Blusen ist, man bekommt pro Stück zwei Flaschen Febreze gratis dazu.

Meine hochgeschätzten, männlichen Leser müssen allerdings jetzt nicht schadenfroh lachen, es gibt auch Herrenhemden dieser Machart.

Ja, und natürlich darf auch die Schönheit nicht zu kurz kommen. Es ist ja nicht zu übersehen, dass der liebe Gott bei der Erschaffung der Menschenkinder sehr oft Sinn für Schönheit bewiesen hat, manchmal allerdings auch nur Sinn für Humor. Wenn Ihnen, meine Damen, Ihr Göttergatte öfter zur Schlammmaske rät und bedauert, dass Sie so schnell wieder abbröckelt, dann wird es höchste Zeit für den absoluten Knaller dieser Sendung - ein Produkt der internationalen Kosmetikindustrie, das zweifellos jeden Schönheitschirurgen, mit einem Handstreich arbeitslos werden lässt.

„VICKY LAMOTTA`S Seven Hour Fast Lift", das ist eine türkisblaue Geleepampe, die schmieren Sie sich ins Gesicht. Warum lachen Sie? Ich weiß ja nicht wo Sie faltenfrei werden wollen. Also in der Regel, den Rest des Monats übrigens auch, ab damit ins Gesicht. Jetzt sehen Sie sieben Stunden lang aus wie Brigitte Bardot, für die jüngeren Leser unter Ihnen wie Brittney Spears, in ihren besten Zeiten. Nach sieben Stunden allerdings wieder wie..........ich glaube Sie kennen Uschi G, auf die sollten wir erst Mal einen trinken. Also erheben wir alle unser Glas - Prost!

Früher habe ich an dieser Stelle immer Inge Meysel gesagt, aber die ist mir quasi unter den Händen weggestorben. Es gibt ohnedies Kabarettisten, die arbeitslos geworden sind, weil ihnen die Objekte ihrer kabarettistischen Begierden wegstarben.

Andere Künstler wieder, sind zum Beispiel arbeitslos geworden weil die Mikrofone keine Kabel mehr haben und jetzt wissen sie nicht mehr, was sie mit der linken Hand tun sollen. Das sind in der Tat dramatische Probleme, die wahrscheinlich bisher noch keinen Einzug in das private innerste Ihres Lebens hielten und Sie haben recht wenn Sie sagen, darüber kann man ruhig einmal reden, muss man aber nicht.

Über Uschi G. darf man reden und vielleicht sogar ein bisschen lästern, aber das hat die gute Desireé N. ja schon ausgiebig getan. Und was hat sie davon? Jetzt hat sie einen Prozess am Hals.

Gut, bei „uns“ Uschi ist ein Prozess allerdings das harmloseste, das sie sich am Hals wünscht. Könnte es vielleicht sein dass freizügige

Nacktfotos im fortgeschrittenen Alter doch nicht immer der Karriere förderlich sind?.

Abschließend möchte ich bemerken, dass sie eine sehr gute Schauspielerin ist und Fakt ist - wer soll denn sonst all die faltigen Menschen darstellen, wenn es nur noch faltenlose Schauspieler und -innen gibt.

Zu guter Letzt kommen wir zum Höhepunkt der Verkaufsschau dem „JUICE TIGER“- in der neuen Staffel heißt er jetzt „POWER JUICER“, Gott allein weiß warum.

Vorgeführt wird dieses Spitzengerät von einem fünfundneunzigjährigen Hutzel-Opa namens Jack, dieser kleine hagere Mann trägt auf seinem ebenfalls fünfundneunzigjährigen Hutzel-Körper, man lese und staune, einen rosafarbigen Stretchbody. Der liebe Jack ist offenbar professionell und zielsicher beraten in der Auswahl seiner Garderobe. Da lob ich mir doch meinen Harald Glöööööööööööckler.

Und dieser Mann behauptet jetzt, seit er den Saft aus dem Juice Tiger trinkt, den seine Frau mit zittriger Hand bereitet, also nicht den, den sie verschüttet. Seitdem kann er jedes Jahr 3x in Worten – „drei mal“, splitterfasernackt (?) durch den Ärmelkanal schwimmen und dabei zehn Ruderboote an den Zähnen hinterher ziehen. Nun frage ich Sie, der Mann ist fünfundneunzig, mit welchen Zähnen. Hast Du Kukident im Glas macht das Küssen wieder Spaß, er ist tot und sie ist hin, doch die Zähne bleiben drin. Das ist doch endlich mal ein wirklich gelungener Werbespruch! Oder etwa nicht? Leider ist er nicht auf meinem Mist gewachsen.

Ich für meinen Teil finde, dass die Werbesprüche neudeutsch "Slogans", in den sechziger und siebziger Jahren um ein wesentliches einfallsreicher waren als heute. Und lustiger sowieso.

Ich habe da so meine Lieblinge, wie: „Der Sarg klappt zu, die Witwe kichert, denn sie ist Allianz versichert.“ Der ist doch Klasse? Kann aber durchaus noch getoppt werden – „Der Dehnungsausgleich von Triumph, drückt das Fett bis in den Strumpf“. Damit ist das absolute Limit dann aber auch erreicht. Wir oder besser gesagt die deutsche Werbeindustrie, haben aber auch nicht besonders viel Originelles in den letzten

Jahren hervorgebracht.

Ich vermisse die Werbeidentifikationsfiguren. Verzeihen Sie mir das schwierige Wort. Wer hat denn in der letzten Vergangenheit versucht, uns das Leben süßer, schmackhafter oder einfach nur einfacher zu machen? Mir fällt da spontan nur Steffi Graf ein. Und im Falle unserer Steffi (Graf) musste ich ja mit Schrecken feststellen, dass diese Tennisprofis offenbar gar nicht sooooo viel Geld verdienen, wie man als Normalo so landläufig immer annimmt. Die gute Steffi hat nicht mal einen Durchschlag (Sieb) für Nudeln. Nein, sie muss die „al dente“ gekochten italienischen Dickmacher mit ihrem Tennisschläger abseihen. Da war ich echt geschockt, armes Mädchen. Aber seit der gute Bruno, ihr Lieblingsitaliener, (jeder sollte übrigens einen Lieblingsitaliener haben) die Pasta für sie kocht, hat sie dieses Problem ja ohnedies nicht mehr. Puuh!

Na und wen gab es und gibt es denn da noch? Mensch beinahe hätte ich das Froop - Kind vergessen, dieses hyperaktive blonde Enkelkind vom Melitta-Mann. Die Supernanny hätte ihre wahre Freude an dem Kind. Und empfiehlt bestimmt kein Joghurt sondern die stille Treppe.

Da frage ich mich ernsthaft, ob das Zeug, das man diesem Kind offensichtlich gegeben hat, bevor es diesen Werbespot gedreht hat, auch in diesem Joghurt drin ist? Denn dann wird es bald soweit sein, das Joghurt nur noch in dunklen Bahnhofsecken von "Molkerei-Dealern" vertickt wird.

"Psst.......ich hätte da ne Lieferung Erdbeer, ganz reiner Stoff."

PS: Joghurt-dealen in dunklen Bahnhofsecken - das wäre doch mal ein Nebenjob für Zeugen Jehovas?

Haben Sie Kinder?

Haben Sie Kinder? Ja!. dann brauche ich Ihnen ja eigentlich nichts über diese wundervollen kleinen und später dann größeren oder auch sehr großen Geschöpfe zu erzählen. Ich (und meine geliebte Frau) haben zwei dieser Gottesgeschenke.

Der Altersunterschied beträgt sechs Jahre und das bedeutet, dass meine Lieblinge aber auch so gar keine Interessen miteinander teilen, außer sich bei jeder Gelegenheit, in passenden und unpassenden Momenten, wie die Bierkutscher zu streiten. Wobei natürlich keine der beiden Goldmäuse auch nur der Hauch einer Schuld trifft und meine fünfzehn jährige Tochter durchaus die Diplomatie und das Einfühlungsvermögen der gemeinen tibetanischen Beutelratte ihr Eigen nennt. Während ihre neunjährige Schwester bei der Stirn-an-Stirn-Kollision mit einem Hammel keinerlei Verletzungen davontragen würde. Für den Hammel könnte ich keine Garantien übernehmen. Sie ist eine Elfe, aber eine Elfe aus Stahl. Und trotzdem liebe ich sie über alles und wenn ich manches mal von anderen Vätern höre, das ihnen ihre Kinder seit ihrer Geburt noch keinen einzigen Tag Freude bereitet hätten, dann denke ich mir nur im Stillen:"Ja, aber vorher."

Dabei sind doch die Eltern meist wesentlich seltsamer. In jahrelanger, präziser Kleinarbeit und unter Aufbietung ihrer sämtlichen pädagogischen (Un)Kenntnisse, haben sie ihrem Nachwuchs ihre Muttersprache beigebracht. Es heißt übrigens Muttersprache, weil in der Regel Papi zuhause nie zu Wort kommt, mit dem Resultat, das sie ihren Kleinchen nun bei jeder Gelegenheit den Mund verbieten.

„Nun sei doch mal bitte für einen Moment still!" Ich freue mich an den verbalen Ergüssen und den Aktionen meiner Kinder, denn die Drohung: „Wenn du nicht brav bist, dann bekommst du auch einmal unartige Kinder" ist ein Eigentor erster Klasse. Ich selbst war sehr gerne Kind und wenn ich ehrlich bin, habe ich mir auch eine große Menge an Kindlichkeit bis heute erhalten. Nun gebe ich zu, das es zu meiner Kinderzeit auch noch ein wenig einfacher war „Kind" zu sein. Die Umwelt war sauberer, das Gemüse war grundsätzlich BIO und fast jeder hatte eine Oma. Sie sagen, das ist doch gar nichts

Besonderes? Na da wäre ich mir nicht so sicher. Meine Oma wollte immer, dass ich diese eklige Suppe esse, die sie aus tausenden u n i d e n t i f i z i e r b a r e n Zutaten, (die es wahrscheinlich nur im Esoterikladen wo auf der Schulter der Verkäuferin eine schwarze Katze saß) zu kaufen gab, zubereitete.

Aber nicht mit mir. Selbst die sanfte Drohung: „Wenn du sie nicht isst, dann kommt der böse Wolf" ließ mich völlig kalt und unbeeindruckt. Ich wusste ganz genau, dass selbst der böseste hochgradig Suizid gefährdete Wolf diese Suppe nicht (zumindest nicht freiwillig) essen würde.

Omas sind toll. Drohungen allerdings sollte man sich als Elternteil immer sehr gut überlegen. Wenn Sie mit Ihrem Kind zum Beispiel folgende Diskussion führen.

Mutter: „Peter, iss Dein Brot auf!"

Sohn: „Ich mag aber kein Brot."

Mutter: „Du musst aber Brot essen, damit du groß und stark wirst!"

Sohn: „Warum soll ich denn groß und stark

werden?“

Mutter: „Damit Du Dir Dein täglich Brot verdienen kannst!“

Sohn: „Aber ich mag doch gar kein Brot!"“

In diesem Fall haben Sie vorher nicht nachgedacht. Man droht auch nicht mehr mit dem „schwarzen Mann“. Erstens ist es *politicaly incorrect* und zweitens ist an seine ehrwürdige Stelle schon längst die Supernanny getreten. Die ist wesentlich effektiver. Sie können jetzt Ihren Kindern gleich am Nachmittag im Fernsehen vorführen wie die Nanny das Problem denn so lösen wird. Hat natürlich den Nachteil, dass der Überraschungseffekt wegfällt und die Phantasie der lieben Kleinen, wie denn der „schwarze Mann“ so in echt aussehen könnte, völlig unterfordert wird. Und außerdem hat kein Kind vor dieser Schreckschraube, im Look einer albanischen lesbischen Handarbeitslehrerin wirklich Angst.

Die stille Treppe allerdings, die könnte ich mir auch für unsere Politiker vorstellen. Also verzweifeln Sie nicht und fragen Sie im

Extremfall vielleicht doch mal die Omi um Rat. Und wenn Sie jetzt einwenden: „Ja, aber die ist doch damals schon mit mir nicht zurecht gekommen!“ Dann geben Sie ihre Goldstücke doch einfach mal bei Omi ab und Omi wird den Teufel tun, am Abend über ihre Enkelchen zu meckern oder sich zu beschweren, sondern sie wird freudestrahlend sagen: „Ich weiß gar nicht, was du immer hast, bei mir sind sie brav wie die Lämmchen“.

Großmütter und Großväter sind ja ohnedies in einer beneidenswerten Situation, sie sind nämlich in der Lage, die über alles geliebten Enkelkinder nach genauem Ablauf der Höchstbeaufsichtigungszeit, das heißt also kurz vor Einsetzen des N e r v e n z u s a m m e n b r u c h s, an die Erzeuger zurückzugeben. Und die können sich nicht mal dagegen wehren, sie müssen ihre Brut wieder zurücknehmen.

Das ist wesentlich fortschrittlicher als unser Verbraucherschutzgesetz.

Und außerdem habe ich von meiner Omi das schönste Weihnachtsgeschenk bekommen, das ich mir hätte wünschen können. Eine Trommel. Ein Geschenk mit sogenanntem Langzeiteffekt. Ich bekam nämlich jeden Tag von meiner Mutter ein Geldstück, wenn ich bloß nicht anfange zu trommeln. Das nenne ich Geschenk.

Nun will ich gerne zugeben, dass es nicht jedes Kind auf dieser Welt, und auch in unserem schönen Land, leicht hat, in seiner Kindheit und manche brauchen ihr ganzes Leben, um das zu verarbeiten, was sie als Kind dramatisches erleben mussten. Aber von diesen Ereignissen soll dieses Buch ja nicht handeln. Obwohl ich denke, dass man auch in einem lustigen Buch mal was Ernstes erwähnen darf.

Waren Sie ein Einzelkind? Ich fast. Wenn Sie das jetzt nicht gleich verstehen, kann ich das verstehen. Ich bin nämlich erst zur Welt gekommen als meine Geschwister, wie man so schön sagt, schon aus dem Haus waren. Also doch ein Einzelkind. Mir ist dadurch auch die Tradition des Kleiderweitergebens erspart geblieben. Das ist aber bei kindereichen Familien durchaus üblich und legitim.

Außer man ist von fünf Kindern der einzige Junge. Das könnte zu frühkindlichen Prägungen führen. Fragen Sie doch mal ihre Kinder, wenn eine Erweiterung der familiären Strukturen geplant ist, ob sie ein Brüderchen oder Schwesterchen haben wollen. Glauben sie mir, die Entscheidung fällt immer zu Gunsten eines Ponys aus.

Und wenn Ihr Sohn Ihren Göttergatten fragt:“Sag mal Papi, warum hast Du eigentlich Mami geheiratet?“ Und Ihr Mann antwortet: „Siehst Du, nicht mal das Kind versteht das!“ Dann wird es Zeit, sich für vier Wochen in ein zivilisationsfernes tibetanisches Schweigekloster einzumieten.

„Namaste“

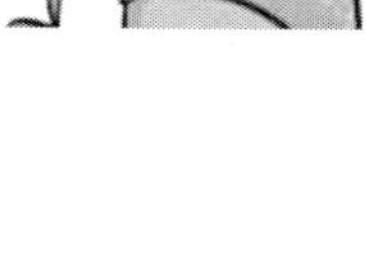

BROT

Weitere Bücher von Joy Peters

"Ich war nie ein dickes Kind" Pünktlich zum 70sten Geburtstag von Cristina - oder "Muddi", wie sie liebevoll von ihren Kollegen genannt wird - erscheint die emotionale Biografie einer Künstlerin die es wie keine andere versteht jeden Abend ihr Publikum zu verzaubern. "Ich bin nicht Zarah Leander - jede Ähnlichkeit ist rein zufällig", wird sie nicht müde zu betonen - und doch waren und sind die Lieder der unvergessenen großen Leander ihr Markenzeichen geblieben.

Cristina erzählt uns in diesem Buch von Ihrem bewegten Lebensweg und ihren Begegnungen mit den Stars und Sternchen aus vergangener Zeit.

Erhältlich in allen Online Book-Shops (Amazon.de / Hugendubel.de etc.) und auf Bestellung in allen Buchhandlungen.
ISBN: 9783732298617

ISBN: 9783738634358

www.joypeters.info

E-mail: joypeters100@yahoo.de

&

FACEBOOK

Alle Illustrationen von Gregor Pfingstl

www.facebook.com/messages/gregor.pfi

ausser Seite 16,70,75,89,122

Royalty-Free stock photos, illustrations & images by

www.dreamstime.com